우리의 동사

고선해 · 길경자 · 김경아 · 김미경 · 김민경 · 김민주
김지혜 · 백미정 · 서혜주 · 송수진 · 송지은 · 안영선
이성화 · 이정숙 · 정재연 · 진은혜 · 홍석부

대경북스

우리의 동사

1판 1쇄 인쇄 2023년 10월 12일
1판 1쇄 발행 2023년 10월 18일

발행인 김영대
편집디자인 임나영
펴낸 곳 대경북스
등록번호 제 1-1003호
주소 서울시 강동구 천중로42길 45(길동 379-15) 2F
전화 (02)485-1988, 485-2586~87
팩스 (02)485-1488
홈페이지 http://www.dkbooks.co.kr
e-mail dkbooks@chol.com

ISBN 978-89-5676-999-8

쌓다. 주다. 드러나다. 보다. 뚫다.

책 제목이 〈우리의 동사〉라고? '동사'의 뜻을 소개해 줘.

지식백과를 찾아 봤어. '사람이나 사물의 동작, 작용(어떠한 현상을 일으키거나 영향을 끼침)을 나타내는 말'이라고 되어 있네. 움직임을 나타낼 수 있는 말을 떠올려 보면 이해하기 쉬울 것 같아.

안내 고마워. 이 책의 목차명인 쌓다. 주다. 드러나다. 보다. 뚫다. 다섯 가지 동사가 주는 느낌이 무얼까 천천히 생각해 봤어. 1장의 '쌓다'는 탄탄한 기본을 바탕으로 무엇을 축적해 나가는 시간과 정성, 열정과 미소가 떠올랐어.

음, 좋아. 변화와 성장을 위해 반드시 쌓아가야 할 것은 '자신에게 감사한 마음'이라고 생각해. '나'라는 사람은 모든 문제의 시작이자 해결점이고, 다른 사람에게 줄 수 있는 사람이 되기 위해서는 나를 먼저 채워야 하니까 말이야.

그래서 나를 관찰하며 감사를 축적하는 글을 썼단다. 너도 한 번 써 보겠니? '나'에게 감사하면 잊고 있었던 '소중한 나'를 새롭게 발견하게 될 거야.

축적된 감사로 나를 보여 주어라! 1장의 목차답네. 이제 2장으로 넘어가 볼까?

자기계발서에 등장하는 성공인들이 공통적으로 강조하는 바가 바로 "주는 사람이 되어라."였어.

맞아. 내가 가지고 있는 것을 나눌 수 있다는 건 축복이지. 그런데 내가 무엇을 가지고 있는지, 그 가치를 모르고 있는 사람들이 많은 것 같아. 유형의 자산뿐만 아니라 경청, 공감, 웃음 등 무형의 자산도 귀한데 말이야.

2장에서는 각자가 가지고 있는 내면의 보물이 무엇인지 글쓰기를 통해 알아보았어. 자신의 보물들을 발견하고 나눌 수 있다는 사실을 알아가는 시간, 참 귀했단다.

모든 사람은 누군가에게 나눌 수 있는 무한한 자산들을 이미 가지고 있구나. 그것을 발견할 수 있도록 도와주는 도구가 글쓰기인 것 같아. 자신에게 감사하고 타인에게 주는 자가 되면 그 다음엔 어떤 사람이 될 수 있을까?

3장 목차처럼, 내면이 명확히 드러나게 되지. 오래전부터 또는 지금 이 순간 내 영혼이 하고 있는 말을 듣게 돼. 내면을 다져가며 이타적인 사람으로 성장할수록 신께서 내 영혼의 문을 세게 두드리고 계심을 깨닫게 된단다. 그래서 마음과 몸이, 나를 필요로 하는 공간이나 상황을 찾아가게 돼. 당당하게 나를 드러내 봐. 물론, 당당하려면 내 삶을 잘 살아내야 겠지?

내면의 소리를 따라 나를 드러낸다는 것, 용기가 필요한 일인 듯해. 그래도 괜찮은 걸까?

너의 용기는 빛이 있어서 같은 빛을 가지고 있는 사람들을 모이게 한단다. 주변을 둘러 봐. 이미 좋은 사람들이 함께 하고 있을 거야. 그들에게 감사한 마음, 그들을 축복하는 마음을 명화와 함께 표현했던 4장의 페이지들이 힐링의 시간을 선물해 주길 바라.

설레는 걸? 이제 종착점이구나. 내 인생, 여기까지 왔다면 진짜 성공한 것 같아.

마지막 5장의 제목을 봐 주겠니? '확장된 세계를 향해 뚫어 버려라.' 굉장히 역동적이지? 나에게 감사한 마음을 쌓고, 타인에게 나누어 주며, 내면의 소리를 따라 나를 드러내면, 같은 꿈을 꾸는 사람들과 같은 곳을 바라보고 있는 나를 발견할 수 있어.
그리고 이젠, 제 2의 인생을 위해 확장된 비전이 생기지. 나의 미래, 우리의 미래가 어떠할지 정확히 알 수는 없지만 예측해 보는 건 중요해. 세계를 확장시켜 뚫어버리라는 거지. 목표를 향해 움직이고 현재를 발전시켜 나갈 수 있는 힘! 바로 '동사'라는 단어 뜻 안에 있었어.

쌓다. 주다. 드러나다. 보다. 뚫다.
동사들이 내 심장을 마구 뛰게 해. 감사를 쌓아가는 사람, 주는 사람, 내면을 드러낼 수 있도록 잘 살아내는 사람, 소중한 이들과 같은 꿈을 바라보는 사람, 확장된 비전을 향해 또 다른 세계를 뚫어버리는 사람이라니!

그래. 진짜 움직일 때가 되었어. 우리, 이 책과 함께 움직여 보자.

책 쓰기 코치
백미경

Contents

Chapter 2. 주다 : 성공의 절대 요소, 나눔

Chapter 3. 드러나다 : 내면의 소리를 따를 때가 되었다

Chapter 4. 보다 : 같은 꿈을 꾸는 사람들과 같은 곳을 바라보다

Chapter 5. 뚫다 : 확장된 세계를 향해 뚫어 버려라

Chapter 1.

쌓다

: 축적된 감사로 나를 보여주어라

쌓다 밑바탕을 닦아서 든든하게 마련하다.
'쌓아 올리다'라는 의미로 사용되는 말.

사랑을 받지 못해서 주지 못했구나.

그럴 수도 있지.

넘치는 사랑이 힘들었구나.

그럴 수도 있지.

짜증내고 싶을 때 소리 질러도 돼.

그래도 돼.

힘들면 힘들다고 아프면 아프다고 말해도 돼.

그래도 돼.

당당하지 않을 이유가 없잖아?

감사하지 않을 이유가 없잖아?

충분히 잘 살아온 나,

제일 감사해야 할 사람은 나.

충분히 잘 살아온 나

김민주

감사 하나.

"축하드립니다. 임신입니다."

35살 늦은 나이에 결혼한 내가 한 달 만에 선물처럼 찾아와 준 아기 천사의 존재를 확인하던 날은, 차가운 겨울바람조차 따뜻하게 느껴지는 행복한 순간을 만끽하였다.

누구보다 아이를 좋아했던 나는 태명을 '희망이'로 정했다.

'희망아, 나이 많은 엄마한테 와 줘서 고마워. 엄마가 누구보다 많이 사랑해 줄게. 열 달 뒤에 건강하게 만나자.'

두려움과 설렘이 동시에 밀려오면서 나는 건강하게 열 달을 보낼 거라 다짐했다.

심한 입덧에도 무사히 세상에 태어나 준 아들에게 감사하다.

임신 기간 동안 직장 생활을 편하게 할 수 있도록 도와준 동료들에게 감사하다.

아들 양육에 진심인 부모님 덕분에 아직도 일할 수 있어서 감사하다.

싱글맘의 아들로 살아가게 되었지만 언제나 엄마가 최고라고 말해 주는 아들에게 지혜롭고 따뜻한 사랑을 심어 주는 엄마로 살아갈 수 있어서 감사하다.

글을 쓰는 이 순간, 모든 것이 감사하다.

감사 둘.

나는 성실하다.

성실한 삶을 살아가며 아들에게 본보기가 되고 더 큰 행복이 몰려오고 있음에 감사하다.

나는 경청을 잘한다.

이야기를 잘 들어주는 덕분에 중2 아들과 편안하게 소통할 수 있는 엄마로 살 수 있어서 감사하다.

나는 친절하다.

주위 사람들에게 친절한 태도를 가지니 마음이 잘 열리고 인간관계가 원만하다. 삶이 풍성해짐에 감사하다.

나의 장점 덕분에 아들과 친구 같은 엄마로 지낼 수 있다고 생각하니 감사하다.

감사 셋.

사랑을 받지 못해서 주지 못했구나. 그럴 수도 있지.

넘치는 사랑이 힘들었구나. 그럴 수도 있지.

짜증 내고 싶을 때 소리 질러도 돼. 그래도 돼.

힘들면 힘들다고 아프면 아프다고 말해도 돼. 그래도 돼.

당당하지 않을 이유가 없잖아?

감사하지 않을 이유가 없잖아?

충분히 잘 살아온 나,

제일 감사해야 할 사람은 나.

감사하는 것이야 말로 당신의 일상을 바꿀 수 있는

가장 빠르고 쉬우며 강력한 방법이라고 나는 확신한다.

· 오프라 윈프리 ·

2.

묵묵히 내 길을 걸어온 나

김민경

감사 하나.

"흑흑흑."

나는 거리를 걸어가는 한 시간 내내 고통스럽게 울었다. 여섯 살의 어린 아들은 엄마의 깊은 흐느낌을 들으면서 같이 걸어갔다. 아들이 어떻게 받아들일지 생각조차 할 수 없을 만큼 고통의 시간을 걷고 있었다.

둘째가 여섯 살인 어느 날, 왼손에 전기화상을 입게 되었다. 다친 적이 없던 첫째 아들과는 달리 둘째는 개구쟁이였다. 교회 옥상에 고압선이 지나가고 있었지만 아무도 인식을 못 하고 있었다. 그 고압선이 얹혀 있던 쇠 구멍에 둘째가 왼손을 넣었고 순간 고압전기가 흘렀나 보다. 둘째가 움직이지 못하는 상황에서 첫째가 빼주었다는 것을 나중에 듣게 되었다.

첫째는 여덟 살이었다. 그때 당시 나는 모임 중이었고 사고가 일어났다는 사실을 알고도 바로 응급실에 가지 않았다. 처음 본 상처의 모습은 심각해 보이지 않아 연고를 바르고 밴드를 붙였을 뿐이었다. 그런데 시간이 지날수록 상태가 좋지 않았다.

동네 소아과에서 진단서를 발급받아서 종합병원에 갔다. 전기화상이라는 것을 진료받으면서 알게 되었다. 바로 입원을 하였다. 치료받으면서 경과를 지켜봤다. 손상이 가장 심각했던 왼손 검지에 피부 이식 수술을 했다.

한 번의 수술이었다면 다행이었을지 모른다. 일 년 뒤 한 번의 수술이 더 진행되었다. 병원에서는 앞으로 경과를 지켜보면서 수술을 더 해야 할 수도 있다고 했다. 어른이라면 상관이 없지만 성장기 아이인 것이 문제였다. 아이는 계속 키가 자라고 뼈가 자라는데 자신의 피부가 아니어서 손가락이 굽어질 수밖에 없었다.

첫 번째 수술 후 의사 선생님께서 손가락 재활을 위해 피아노를 권유하셨다. 그때부터 열한 살이 된 현재까지 피아노 학원에 다니고 있는 아들은 이 분야로 전공을 해야 하나 싶을 정도로 성장하였다.

돌이켜 보면 감사한 것이 한두 가지가 아니다. 둘째를 다시는 이 세상에서 보지 못할 수도 있었다. 하나님께서 둘째를 지켜주신 것이다. 둘째에게 가장 합당한 의사 선생님과의 만남을 통하여 치료와 수술을 잘 받을 수 있게 해주셨고, 입원하는 동안 같은 병실에 계신 분들과 잘 지내면서 행복하기까지 했다. 처음엔 입원실이 여의치 않아서 어른 병실에 가게 된 점이 좀 염려스러웠지만, 오히려 아들은 같은 병실에 계신 분들과 간호사 선생님들의 사랑을 받으며 생활할 수 있었고, 둘째와 오롯이 24시간을 함께 보낼 수 있어서 감사했다.

나는 이 글을 도서관 컴퓨터 앞에 앉아 쓰고 있다. 처음 다섯 줄을 쓰고서 눈물이 계속 쏟아졌다. 화장실에 가서 흐느껴 울었다. 지금도 눈물이 계속 흐른다. 괜찮다고 생각했는데 많이 참았나 보다. 글쓰기를 통해 내 마음을 들여다볼 수 있는 이 시간이 감사하다. 울면서도 글을 써 내려간 내가 대견하다. 나를 인정하고 칭찬할 정도로 성장한 내가 감사하다.

감사 둘.

나는 공감을 잘한다.

상대방의 이야기를 귀 기울여 듣고 공감해 줄 수 있어서 감사하다.

나는 이해력이 높다.

가르쳐 주시는 분의 의도를 잘 파악할 수 있다. 배우는 것이 좋고 감사하다.

나는 건강에 관심이 많고 운동을 좋아한다.

몸에 좋은 음식을 먹으려고 하고 많이 움직이려고 노력하니 건강해서 감사하다.

감사 셋.

포기하고 싶을 때가 있다. 그럴 수도 있지.

집을 나가버리고 싶을 때가 있다. 그럴 수도 있지.

힘들면 울어도 돼. 그래도 돼.

사랑스럽지 않을 이유가 없잖아?

유쾌하지 않을 이유가 없잖아?

당당하지 않을 이유가 없잖아? 묵묵히 내 길을 걸어온 나.

제일 감사해야 할 사람은 나.

빛나던 한때가 사라졌다고 슬퍼하지 말고,

빛나는 나날이 아직 남아 있음을 기뻐하며 감사하라.

· 임마누엘 칸트 ·

3.

내 인생을 제일 열심히 살아온 나

정재연

감사 하나.

"여보세요?"

"네, 안녕하세요? 교무실에서 전화 드렸습니다. 노준호 학생이 배치고사에서 우수한 성적으로 장학생이 되었습니다. 축하드려요!"

출근해서 정신없이 일하다가 받은 전화 한 통에 피곤함이 싹 씻겨 내려가는 기분이었다. 아이가 중학교 들어가기 전 정식으로 치르는 첫 시험이라 준비하는 동안 내 마음이 비장했다. 하지만 정작 당사자인 아이는 대수롭지 않게 여기는 것이 탐탁지 않았다.

우선 아이와 공부 계획표를 짜고 매일 일정한 양의 시험지를 풀 수 있도록 옆에서 도와주었다. 그리고 오답 노트를 따로 만들어서 틀렸던 문제는 다시 복습했다. 시간이 지날수록 아이도 계획대로 열심히 잘 따라와 주었고 3개월 동안 꾸준히 문제집을 풀었다. 집에 가서 아이에게 장학생이 되었다는 소식을 전했다.

"엄마! 열심히 노력하면 안 되는 일이 없네요. 엄마 덕분이에요. 도와주셔서 감사합니다."

아이의 말에 뿌듯했다. 아이가 스스로 미리 준비해 나가는 과정의 소중함을 깨달았다는 사실에 감사했다. 그리고 한 걸음씩 자신의 인생 스토리를 만들어 가는 가운데 좋은 성적을 받은 결과가 하나의 디딤돌이 된 것에 감사했다.

감사 둘.

나는 인내심이 강하다.

매일 꾸준히 쓰고 있는 감사 일기와 필사는 나를 성장시켜 주는 원동력이 되었다. 나의 성실함에 감사하다.

나는 부지런하다. 아내, 엄마, 딸, 학원 선생님으로서 최선을 다하려고 노력하는 나를 보면 뿌듯함을 느낀다. 부지런히 살면

하루를 효율적으로 보낼 수 있어서 감사하다. 나는 요리를 잘한다. 가족들, 이웃사촌을 위해 요리를 해주었을 때 맛있다고 말하는 그들의 행복한 표정에 감사하다.

감사 셋.

모든 일에 내 도움이 필요하다는 생각으로 인하여 쉬는 게 힘들어. 그럴 수도 있지.

혼자 훌쩍 떠나고 싶을 때가 있지. 그럴 수도 있지.

배달 음식 시켜 먹어도 돼, 그래도 돼.

청소 매일 안 해도 돼, 그래도 돼.

행복하지 않을 이유가 없잖아?

내 인생을 제일 열심히 살아온 나,

제일 감사해야 할 사람은 나.

thanks

감사하는 마음은

최고의 미덕일 뿐 아니라 모든 미덕의 아버지다.

· 키케로 ·

지금의 나를 사랑하는 나

송지은

감사 하나.

"엉엉엉! 안아줘!"

작은 일로 잘 삐치는 아이가 울면서 나에게 안아달라고 한다. 우는 것이 버릇될까 봐 울음을 그치면 안아주겠다는 조건을 달았다. 내 시선에서 아무것도 아닌 일로 소리 높여 우는 것이 못마땅하기도 했다.

'엄마도 감정 있는 사람이야!'

덩달아 소리치고 싶었다. 화를 진정시키기 위해 홀로 방에 들어가 이불 위에 드러누워 버리거나 마음을 진정시키는 음악을 들었다. 아이에게 화내고 싶지 않은데 화내는 내 모습이 싫고 속상해서 눈물이 났다.

아이가 그렇게 울면 하나밖에 없는 언니의 사춘기 시절 모습이 떠오르곤 했다. 내 기준에서 별것도 아닌 것 때문에 엄마를 향해 화내고 소리 내어 울던 언니였다. 어느 순간 깨달았다.

'그때의 언니를 용서하지 못했구나. 그때 힘들었던 나를 스스로 위로하고 안아주지 못했구나.'

나의 진짜 마음을 인식하자 당시 나와 마찬가지로 힘들었을 언니를 안아주고 싶었다.

이불을 뒤집어쓰고 혼자 울고 있었던 나에게 '괜찮아'라고 말해주고도 싶었다. 어릴 적 내가 언니와 나에게 해주지 못했던 포옹과 위로를 이제 내 아이에게 표현한다.

아이 덕분에 나를 미움 대신 사랑으로 채울 수 있어 감사하다. 잊었다고 생각했던 과거를 꺼내어 용서하고 위로할 수 있게 되어 감사하다. 여전히 부족한 엄마이지만 그런 나의 손길을 좋아하는, 정 많은 귀염둥이 내 아이가 사랑스럽고 참 감사하다.

감사 둘.

나는 끈기가 있다. 무언가 해야겠다는 생각이 들면 멈추지 않고 끝까지 한다. 그런 나의 끈기 덕분에 사람들에게 신뢰를 줄 수 있고 함께 하는 사람들이 생겨 감사하다.

나는 긍정적이다. 상황이 좋고 나쁨은 없다. 어떤 상황이든 내가 얻을 수 있는 배움에 감사하다. 그로 인해 성장할 수 있고, 사람들에게 긍정적인 에너지를 나눌 수 있어서 감사하다.

나는 잘 웃는다. 웃음으로 내 몸과 마음이 건강해지고, 함께 하는 사람들에게 유쾌한 감정을 나눌 수 있어 감사하다.

감사 셋.

늦잠 잘 수도 있지. 그럴 수도 있지.

아무것도 하지 않고 하루를 보낼 수도 있지. 그래도 돼.

남들보다 늦게 갈 수도 있지. 그럴 수도 있지.

앞장서지 않고 남들 따라가도 괜찮아. 그래도 돼.

소리 내어 울 수도 있지. 그럴 수도 있지.

안아달라고 소리 내어 외칠 수도 있지. 그래도 돼.

하던 일을 멈출 수도 있지. 그럴 수도 있지.

내 필요에 따라 선택할 수 있지. 그래도 돼.

틀려도 괜찮아. 그럴 수도 있지.

잘하지 못해도 괜찮아. 그래도 돼.

평온하고 충만할 수밖에 없잖아?

가만히 있어도 맑은 하늘, 경쾌하게 지저귀는 새, 푸르른 나무, 자기만의 고유한 색깔을 뽐내는 형형색색의 꽃들. 아무것도 하지 않아도 그 존재만으로도 충분히 아름다운걸?

인정받고 사랑받기 위해 열심히 살아온 나,

이제는 내가 나를 인정하고, 존재만으로도 지금의 나를 사랑하는 나.

제일 감사해야 할 사람은 바로 나.

감사할 줄 모르는 자를 벌하는 법은 없다.

감사할 줄 모르는 삶 자체가 벌이기 때문이다.

• 라이피 곱스 •

어떤 상황에서도 내 인생의 주인으로 살아온 나

송수진

감사 하나.

먹구름을 머리에 인 채 캄캄한 터널을 나는 걷고 또 걸었다. 고등학교 1학년 어느 날로 기억한다. 방문을 열고 나간 거실에는 쓰러진 화분이 토해 낸 흙과 돌들이 널브러져 있었다. 그리고 그 한 가운데에 주저앉아 있던 엄마는 술에 취해 울부짖으며 통곡하고 있었다.

그 무렵 부모님의 사이는 극도로 좋지 않았다. 나는 이유도 모른 채 마치 짙은 안개 속을 걷는 기분으로 집 안에 흐르는 차

가운 공기를 고스란히 느껴야만 했다. 나는 부모님을 원망하고 미워하며 그 시간들을 보냈다.

그 기억들은 분명 나에게 고통이었다. 하지만 그 고통 덕분에 나는 늘 다짐하며 살았던 것 같다. 나의 고통을 자식들에게는 절대 물려주지 않으리라. 그리고 그 덕분에 나는 내 마음을 돌보는 일에 관심을 갖게 되었다. 슬픔과 아픔의 시간이 있었기에 지금의 내가 될 수 있었다.

반백 년을 산 지금, 지나온 시간들을 되돌아보면 내 인생은 진흙 속에서 피는 연꽃처럼 고통과 슬픔에서 피어났다고 말할 수 있겠다. 그 시간들 덕분에 나는 한 송이 연꽃을 피워낼 수 있었다.

감사 둘.

나는 배움을 사랑한다. 배워서 남 주는 것을 좋아한다. 배움과 나눔을 통해 나와 다른 사람의 성장을 도와줄 수 있어 감사하다.

나는 상대방의 이야기를 잘 들어준다. 그래서 다른 사람이 자신의 이야기를 잘 꺼내놓을 수 있게 해 준다. 이야기를 꺼내놓은 그들의 용기에 감사하며, 그들을 따뜻하게 위로해 줄 수 있어 감사하다.

나는 감사를 잘한다. 내 삶에 주어진 어떤 것도 당연한 건 없다. 감사는 찾아내는 것이다. 감사를 통해 매일매일 행복해지는 내 삶에 감사하다.

감사 셋.
새벽에 운동하겠다고 마음먹고 알림이 울렸는데도 계속 자는 나, 그럴 수도 있지.

내가 못났다 싶을 때가 있다. 그럴 수도 있지.
마음먹은 대로 되지 않을 때가 있어. 그래도 돼.
살다 보면 실패할 때가 있어. 그래도 돼.

감사하지 않을 이유가 없잖아?
어떤 상황에서도 내 인생의 주인으로 살아온 나,
제일 감사해야 할 사람은 바로 나.

세상에서 가장 지혜로운 이는 배우는 사람이고,

세상에서 가장 행복한 이는 감사하는 사람이다.

· 탈무드 ·

6.

내 삶을 온통 사랑으로 토닥거려준 나

안영선

감사 하나.

"엄마, 내가 글 쓴 거 읽어 줄 테니 들어 봐."

퇴근하고 집에 들어서는 나에게 딸아이는 어서 귀를 빌려달라며 의자를 내어준다.

"엄마도 네 글이 무척 궁금했어. 아까 보니까 엄청 진지하던데."

거실의 기다란 테이블 앞에 선 딸은 공책을 두 손으로 잡고 읽기 시작했다. 그때의 기억이 떠올랐는지 중간쯤 읽더니 떨리는 마음을 호흡으로 진정시킨다. 막내는 초등학교 1학년 교실로 나를 초대한다.

"제가 덧셈, 뺄셈 문제를 풀었는데 너무 많이 틀려 속상해하고 있었지요. 몇몇 친구들이 내 점수를 보고 놀렸을 때 선생님께서 위로해 주셨어요. '지금은 네가 이해할 수 없겠지만 나중에 이런 일들이 너를 훌륭한 사람으로 성장시킬 거야.' 이 말씀을 하신 후 내가 이해를 못했다고 생각하셨는지 선생님께서는 내 손에 사탕 세 개를 쥐여주셨죠. 기분이 묘했어요. 반 친구들이 아무렇게나 두고 간 의자를 사이에 두고 선생님과 저는 창문으로 내리쬐는 봄 햇살을 받고 있었지요."

울먹이며 글을 다 읽고 난 막내딸에게 다가가 나는 가만히 안아주었다. 한참을 안고 있었다. 뜨거운 가슴을 마주한 채로.

자녀가 네 명인 나는 남편을 돕고 싶어 막내가 돌이 지나자마자 워킹맘이 되었다. 언니와 오빠들 틈에서 눈치 보며 제법 자기 몫을 챙기는 아이라 어디서든 씩씩하게 잘 지낼 거라고만 생각했다.

"덧셈, 뺄셈 물어보고 싶었는데 엄마가 너무 바빠 보여 힘들게 하면 안 될 것 같았어."

"밤길을 혼자 걷게 한 것만 같아 미안해."

아! 다시 그 시간으로 돌아갈 수만 있다면 좋겠다. 딸은 눈치도 빠른데 이 에미는 어찌 이리 둔했던지….

선생님 말씀에 용기를 얻어서 모르는 게 있으면 물어보기도 했다며 오히려 나를 위로해 준다.

눈에 넣어도 아프지 않을 막내의 어린 시절을 함께하지 못해 늘 미안하고 안타까웠다. 팬데믹 이후 삶의 방향을 다시 설정하면서 지금은 막내딸과 많은 시간을 함께 보내고 있다. 잃어버린 시간인 줄만 알았는데 아이는 그 시간을 통해 자신만의 이야기가 있는 삶을 꾸려가고 있어 감사하다.

아이가 언제나 어디서나 이야기하고 싶을 때 곁에서 함께 할 수 있는 지금, 내가 감사하다.

아이와 마주하는 눈빛 안에 사랑을 가득 담아 줄 수 있는 내가 감사하다.

딸이 '엄지척' 해 줄 정도로 떡볶이와 김밥을 만들 수 있는 내가 감사하다.

아이의 존재를 있는 그대로 인정하고 경청해 줄 수 있는 마음을 가진 내가 감사하다.

모든 것이 감사하다.

감사 둘.

나는 공감과 경청을 잘한다. 함께하는 이의 눈을 바라보고 귀를 기울이면 어느새 그와 연결되는 경험을 한다. 있는 그대로 그를 지지해 줄 수 있어 감사하다.

나는 부지런하다. 주어진 시간과 공간 안에서 최선을 다하고 있는 나를 만난다. 부지런함으로 내게 허락된 특권을 누릴 수 있어 감사하다.

나는 성찰을 잘한다. 하루하루의 삶에 분명한 메시지가 있기에 오늘을 의식하며 살아가고자 하는 마음을 살필 수 있어 감사하다.

나의 장점으로 함께하는 사람들과의 삶이 풍요로워지는 것 같아 감사하다.

감사 셋.

밥하기 싫을 때가 있다. 그럴 수도 있지.

가끔은 하고 싶은 것만 하고 싶을 때가 있다. 그럴 수도 있지.

실수하고, 넘어져도 돼. 그 경험이 나를 성장시킬 테니 그래도 돼.

꼬옥 끌어안으며 다정하지 않을 이유가 없잖아?

내 삶을 온통 사랑으로 토닥거려 준 나,

제일 감사해야 할 사람은 나.

감사하는 마음은 행복으로 가는 문을 열어준다.

· 존 템플턴 ·

7.

나의 행복을 만들어 가는 나

서혜주

감사 하나.

"혜주씨, 여기까지 잘 왔어요. 참 장해요. '나는 나를 사랑한다'는 문장을 매일 천 번씩 말해 보면 어떨까요?"

혼자 삼 남매와 10여 년 살림을 꾸려가던 중에 지인의 소개로 만난 치유사가 나에게 내려 준 처방이다. 넋두리하는 동안, 마른 줄 알았던 눈물이 흘러내렸다. 매일 눈물이 하염없이 나왔다. 이유를 생각해 보았다.

내가 나를 사랑하지 않았기 때문일까? 아니다! 내가 나를 사랑한다는 표현을 하지 않았기 때문이다. 그런 각성이 있자 마음에서 우러나서 더욱 열심히 되뇌었다. 나는 나를 사랑한다고. 말이 나를 감동케 해 몸을 움직이게 하였다. 나를 사랑하는 행동을 하게 했다.

세상의 중심이, 우주의 중심이 자기 자신이라는 말을 항상 기억하고 남들에게도 많이 인용한다. 절대 진리란 그런 것이다. 내가 없으면 우주도, 세상도 없다. 나를 사랑하고 또 사랑해야 한다. 나에게 유익하면서도 옳은 방법으로, 바른 방법으로, 건강한 방법으로 나를 사랑할 일이다. 나를 사랑하는 내가 감사하다.

감사 둘.

2022년 5월 《행복 합의》가 출간되고 많은 이들의 축하 속에서 기억나는 한 피드백이 있다.

"혜주야, 너는 네 얘기를 어떻게 그렇게 솔직하게 드러내 보일 수 있니? 나는 못 하겠던데."

아, 그런 거였구나. 솔직하기 위해서는 큰 용기가 필요하구나. 솔직함은 인정의 짝꿍이구나. 나는 감추거나 말 않는 것보다 있는 그대로를 보이고 표현함으로써 아무것에도 걸림이 없이 스스로 자유로워지던데. 그래서 그것이 감사하던데.

미소는 나의 트레이드 마크요 큰 장점이다. 양 볼의 보조개가 가치를 더 높인다. 살아온 속내 얘기를 들은 지인들은 한결같이 말한다.

"그런데 어떻게 그렇게 밝을 수가 있니?"

밝고 강한 절대 긍정의 천성 덕분이리라. 삶에 대한 최소한의 태도인 환한 웃음으로 지금까지 잘 살아왔고 앞으로도 잘 살아낼 것이기에 나에게 미리 고맙다.

아이들 개개인의 개성과 장점을 찾는 살뜰한 노력과 살핌이 있다. 엄마의 주관을 최대한 배제하고, 보편타당성의 공동체 의식 속에서 독립적인 사람으로 서로 조화롭고 균형 있게 자랄 수 있는 소양 계발을 돕는다. 더불어 사는 세상에서 원만한 시민으로서, 나라의 귀한 동량으로 쓰임 받도록 자라고 있음이 고맙다. 그런 아이들과 교학상장하고 있는 나 또한 고맙다.

감사 셋.

밥 잘 못 해 줄 수 있어. 괜찮아. 그럴 수도 있지. 라면 먹어도 되고 스스로 해 먹을 수도 있어. 그럴 수도 있지.

선택이 잘못되고 틀릴 수 있지. 괜찮아. 다른 모습으로도 잘 살아가고 있잖아. 삶이 중요한 거야. 그럴 수도 있지.

잠으로 점철된 하루가 통째로 사라지는 경험, 괜찮아. 그래도 돼. 쉼으로 더 힘찬 내일은 내일의 태양이 떠오르니까. 그래도 돼.

자기 멋대로 살아도 돼. 괜찮아. 그래도 돼. 한 번뿐이라 더없이 귀한 내 인생, 온전히 자기로서 살아도 돼. 그래도 돼.

당위성에 갇혀 불행해질 필요 없잖아?

내 행복은 내가 만들어 가.

내 인생의 주인공, 나.

제일 감사해야 할 나.

세상에서 가장 지혜로운 사람은 배우는 사람이고,

세상에서 가장 행복한 사람은 감사하며 사는 사람이다.

· 탈무드 ·

8.

나에게 전하는 감사

감사 하나.

몇 주 전 아이의 학교 미팅이 있었다. 장애 아이들은 매해 개인별 학습 목표와 계획을 세운다. 나는 몇 주 동안 자료를 모으고 아이는 새로운 검사를 받으며 모임을 준비했다. 팽팽한 공기 속에서 서로의 이견이 좁혀지지 않았고, 나는 결국 학교의 단단한 벽을 뚫지 못했다.

부모는 내 아이를 위해 최상을 선택하지만, 학교는 관례, 예산, 편리를 따른다. 막바지에는 목이 잠겨 소리가 나오지 않았다. 너무나 당연한 것을 요구해도 받아들여지지 않는 현실 앞에서 패배감이 몰려왔다.

며칠 동안 '해도 소용없다!'라는 말이 맴돌아 끙끙 앓았다. 그러나 좀 더 생각해 보니 '아무것도 모르던 때보다는 낫다! 여기까지 온 것 만해도 대단하다!'며 자신을 위로할 수 있었다. 또한 나와 같은 길을 가며 공감과 도움을 주시는 분들이 떠올라 불끈 힘이 났다. 정말 '감사가 힘'이다.

감사 둘.

나는 발전하고 성장하려는 욕구가 강하고 스스로에 대한 기대가 높다. 그래서 꾸준히 배우고 성장하고 있어 감사하다.

나는 단순하다. 상황 판단과 행동이 빠르다. 그래서 문제해결에 집중할 수 있어 감사하다.

나는 솔직하다. 마음을 터놓고 깊은 인간관계를 맺을 수 있어서 감사하다.

감사 셋.

사람이 실수할 수 있고, 손해 볼 수도 있지.

힘들면 힘들다고 말하고, 울고 싶으면 울어도 괜찮아.

캄캄한 어둠 속에서도 스스로를 다독이며 줄기차게 달려온 나 자신에게 감사해!

감사하는 법을 배울 때,

우리는 인생에서 나쁜 일이 아닌

좋은 일에 집중하는 법을 배우는 것이다.

· 에이미 반데빌트 ·

9.

일상에서 행복을 발견하려고 하는 나

홍석부

감사 하나.

작년 여름, 여자 친구 그리고 강아지 콩이와 함께 계곡에 놀러 갔다. 돗자리를 펴고 김밥천국에서 산 김밥과 떡볶이를 준비해 놓는다.

"빨리 먹고 물에 들어가서 놀자."

오는 시간 동안 떡볶이가 식지 않았나 걱정되었지만, 놀러와서 먹는 음식은 고급 레스토랑 음식 부럽지 않다. 미지근하고 쫄깃쫄깃한 떡볶이의 식감을 즐기고 있는데 갑자기 주변이 어수선해진다.

"어어어... 어... 어...."

사람들의 다급한 소리가 들린다. '무슨 일이지?'라는 생각이 들자마자 주변이 아수라장이 됐다. 고개를 들어 앞을 보았다. 나뭇가지가 사방으로 널브러져 있다. 음식과 흙이 범벅이 됐다. 물병이 쓰러져 돗자리 위에 물이 새고 있다. 어지럽고 등이 따갑다. 여자 친구는 눈을 뜨지 못하고 있다. 같이 온 콩이는 쏜살같이 사라져 버렸다. 커다란 나무가 우리를 향해 쓰러진 것이다.

감사하다. 우리 옆에 쇠로 된 튼튼한 텐트가 완충 역할을 해주지 않았다면 크게 다칠 수도 있었다. 사고 직전, 묶여있던 콩이를 잠시 풀어 놓았다. 순간 콩이가 무사했던 사실에도 감사했다.

감사 둘.

나는 다른 사람의 장점을 발견하고 말해주는 것을 잘한다.

단점보다는 장점을 먼저 볼 수 있는 눈을 가지고 있음에 감사하다.

나는 처음 보는 사람과도 금방 친해질 수 있다.

인간관계, 많은 걱정을 하지 않고 살 수 있음에 감사하다.

나는 아이들과 잘 놀아준다.

내가 잘하는 일과 하고 있는 일이 같음에 감사하다.

감사 셋.

무의미하게 하루를 보낼 수 있지. 그럴 수도 있지.

야식을 먹을까 말까 고민하다가 결국 시킬 때가 있지. 그럴 수도 있지.

오늘은 좀 쉬어도 돼. 그래도 돼.

다이어트는 천천히 해도 돼. 그래도 돼.

자책할 필요가 없잖아.

나를 사랑하려고 하는 나.

제일 감사해야 할 사람은 나.

thanks

감사는 정중함의 가장 아름다운 표현이다.

• 자크 마리탱 •

10

응원해주고 싶은 나

김지혜

감사 하나.

"오늘은 뭐 먹을까?"

"초밥!"

언제부터인가 자연스럽게 가족 외식 날로 정해진 주말, 하루라도 식사 준비에서 해방되라는 남편의 배려다. 메뉴 선택권을 가진 것은 언제나 두 아이의 몫이다. 10번 중 9번은 쌀국수를 외치는 아이들이지만 무슨 일인지 오늘은 초밥을 먹겠단다. '미카도 스시'는 우리 가족 최애 스시집으로 생선을 싫어하는 남편도 잘 먹는다.

가게는 문전성시. 한참을 기다린 끝에 자리를 잡은 우리들은 천천히 돌아가는 형형색색 초밥에 시선을 뺏긴다. 요리사의 손길과 함께 시작된 것은 눈치싸움이다. 지금 필요한 것은 스피드! 누가 먼저랄 것도 없이 시작된 이곳은 소리 없는 전쟁터다. 이미 테이블은 그릇 하나 더 놓을 곳도 없이 꽉 찼고 이제 남은 것은 배 채우기.

초밥이 입으로 들어가던 찰나, 복받치는 감정의 소용돌이 속으로 빨려 들어간다. 30여 년 전 나의 초등학생 시절, 방송을 통해 보았던 초밥. 맛본 적 없고 본 적도 없던 그것은 감히 나에게 허락되지 않는 부자들의 세상이었다. 직장인이 되어 회식날 처음 맛보았던 초밥 하나. '입 안에서 녹는다는 게 이거구나!' 그때의 감동을 잊을 수 없다. 내 눈앞에 가득 펼쳐져 있는 음식은 어린 나를 소환하게 했다. 이제는 가족들이 원할 때면 언제든 먹을 수 있게 된 초밥.

지금 나를 휘감은 감정의 실체는 감사다. 기쁨도 슬픔도 공유하는 내 인생 최고의 존재 남편, 그를 꼭 닮은 두 명의 미니미가 있어 감사하다. 시각, 청각, 후각, 미각, 촉각을 온전히 느낄 수 있는 건강이 있음에도 감사하다. 나에게 주어진 평범한 오늘, 감사라는 감정을 느끼는 나에게 감사하는 순간이다.

감사 둘.

나는 단순하다.

화가 머리끝까지 올라왔던 상황에서도, 밤잠 못 이루고 고민하는 문제들도 언제 그랬냐는 듯 금방 잊어버리니 감사하다.

나는 순발력이 뛰어나다.

툭 던진 말 한마디로도 사람들에게 도움을 줄 수 있으니 감사하다.

나는 배우는 것을 좋아한다.

배우고 익혀 나의 경험과 지식을 나누어 주는 그날을 기대하며 오늘도 배우고 있으니 감사하다.

감사 셋.

벗어나고 싶은 상황과 감정이 있지만 그렇지 못하는 나. 그럴 수도 있지.

시작은 으쌰으쌰, 끝맺음은 두루뭉술. 그럴 수도 있지.

나를 우선순위에 올려놓아도 돼. 그래도 돼.

이제는 조금 더 빠르게 앞으로 나아가도 돼. 그래도 돼.

눈이 부시게 빛날 나를 기대하지 않을 이유가 없잖아?

왠지 모르게 마음이 끌리는 내가 되지 않을 이유가 없잖아?

거북이처럼 느리게 보일지 몰라도 진짜 나의 시간을 기대하고 기다리며 나아가고 있는 나에게 말해주고 싶다.

허리에 두 손을 얹고 원더우먼처럼 자신 있는 모습을 보여주고 있구나.

지혜야, 잘한다!

멋지다, 지혜야!

응원해 주고 싶은 나.

제일 감사해야 할 사람은 바로 나!

thanks

가장 축복받는 사람이 되려면 가장 감사하는 사람이 돼라.

• C. 클리지 •

11

얼마든지 성장할 수 있는 나

진은혜

감사 하나.

"은혜야! 은혜야!"

친구들과 동생들, 그리고 어른 몇 분과 함께 시장 근처에 있는 놀이터에 갔다. 나는 유치원 담을 넘어 미끄럼틀에서 놀고 있었다. 동생은 담을 넘지 못해 낑낑대고 있었다. 나는 도와주기 싫었지만 그래도 동생에게 다가갔다.

동생 손을 잡는 순간 내 뒤쪽에 서 있던 아저씨가 내 몸을 감싸 안았다. 그리고 한발 한발 나를 건물과 담 사이 좁은 공간으로 데려갔다. 고작 열 살이었던 나는 그게 뭔지도 모른 채 파도에 쓸려가듯 밀려갔다. 그 아저씨의 입에선 술 냄새가 났다. 나의 입술에 본인 입을 대었고 마음대로 하려고 했다. 차디찬 시멘트 바닥에 나를 눕혔다. 내 바지를 벗기려 했다. 주홍색 미니가 그려졌던 내복이 드러난 순간 두 손으로 나의 바지춤을 잡았던 기억이 있다.

"은혜야, 은혜야."

담 넘어 나를 찾는 소리가 들렸다. 그때 젊은 아저씨가 나를 찾아내 주었고 나는 그렇게 구해졌다. 어른들은 쉬쉬하는 분위기였다. 나에게 그 이야기를 아무도 하지 않으셨다. 난 분명 그 순간 많이 놀라고 아팠다. 청심환 한 알로 내 몸과 마음을 달래기엔 너무 큰 아픔이었다.

지금 난, 시댁살이를 하고 있다. 매일 술을 한잔씩 드시는 건장한 시아버지가 계신다. 그분 눈에 나는, 그냥 사랑스럽고 언제나 돕고 싶은 며느리였겠지만 나는 저 깊은 우물 속에서 잠자고 있던 두려움이 다시 깨어나는 시간들이었다.

그렇게 내 속에서 요동치는 두려움 때문에 어려움을 겪던 어느 날, 불현듯 찾아온 내 머릿속 한마디.

'아! 그때 술 취한 아저씨가 술을 더 먹지 않아서, 범죄 행동으로 옮기지 않아서 다행이다. 감사하다. 범죄자가 되지 않아서

다행이다.'

　내 삶을 통틀어 가장 힘겨웠던 그 기억이 위로가 되는 순간 이었다. 그리고 나의 아픔을 바라볼 수 있게 해준 글쓰기에 감 사하다. 나 같은 피해가 없는 세상이 되길 기도하며 지내는 나 에게도 감사하다. 많은 어려움이 있었지만 피할 수 없는 상황들 속에서도 감사를 발견해 본다.

감사 둘.

　나는 상대방이 마음을 표현하지 않는 것에 서운해 하지도 오 해하지도 않는다. 표현을 구체적으로 할 수 있도록 부탁을 한 다. 이런 나에게 감사하다.

　나는 인내심이 있다. 지금 당장 눈에 보이지 않더라도 미래 를 기대할 수 있는 눈을 갖게 해주신 신께 감사하다.

　나는 긍정적이다. '지금의 깨달음을 위해 그때 힘들었던 거구 나.' 하고 생각할 수 있는 사람이 되어서 감사하다.

감사 셋.

　서운하고 억울할 때가 있지. 그럴 수도 있지.

표현을 잘 못 할 수도 있지. 그래도 돼.

내 진심을 몰라줄 수도 있지. 그럴 수도 있지.

마음만큼 못 할 수도 있지. 그래도 돼.

새로운 일을 시작하거나 과거의 기억 때문에 두려울 수도 있지. 그럴 수도 있지.

화가 나면 소리 지를 수도 있지. 그래도 돼.

상황과 사람이 불편할 수 있지. 그래도 돼.

얼마든지 성장할 수 있는 나.

제일 감사해야 할 사람은 나.

thanks

사람이 얼마나 행복한가는 그의 감사의 깊이에 달려있다.

· 존 밀러 ·

12

최선을 다해 애쓰고 수고한 나

길경자

감사 하나.

"빨리 와."

큰언니의 목소리가 들렸다. 반사적으로 고개를 획 돌렸을 때 나를 부르는 게 아니었다는 걸 알았다. 큰언니는 활짝 웃으면서 오빠를 향해 손짓하고 있었다. 찰칵 소리와 함께 둘만의 사진 촬영이 끝나자 바로 둘째 언니가 말했다.

"우리도 사진 찍자." 하지만 둘째 언니의 손은 내가 아닌 막내 동생의 손을 잡았다. 나는 혼자 덩그러니 남겨져 있었다. 내게 손 내미는 사람이 없었다. 난, 미운 오리 새끼인가 싶었다.

강원도 산골에서 자란 나의 첫 나들이 장소, 놀이공원에서 있었던 기억은 '아픔'이었다. 그래서일까? 지금도 나는 사진 찍는 걸 별로 좋아하지 않는다. 외로워 보이는 사람이 있으면 자꾸만 눈길이 간다. 외톨이처럼 작아져 있는 사람들의 모습에서 초등학교 4학년이었던 내 모습이 보인다.

그럼에도 불구하고 난 삐뚤어지지 않았다. 40여 년 동안 그때의 기억 때문에 가끔은 추위를 느꼈지만 지금은 따뜻한 기억들이 훨씬 많기에 감사하다. 사람들의 감정에 공감하고 위로를 건넬 수 있는 나에게 감사하다. 누구에게나 아픔이 되는 기억 하나 즈음은 다 있다. 그것을 인정하고 나만의 방식으로 아픔을 해석하고 잘 살아가고 있는 내 삶에 감사하다.

감사 둘.

나는 호기심이 많다. 덕분에 많은 경험을 할 수 있어 감사하다.

나는 배우는 것을 좋아한다. 스스로 하는 공부를 통해 삶이 더욱 즐겁고 행복하다.

나는 새로운 길을 가는 걸 좋아한다. 다른 길을 찾아보는 일은 신기하고 지루하지 않다. 항상 즐거운 삶을 선택하는 내가 좋다. 나에게 감사하다.

감사 셋.

성공보다 실패를 경험할 때가 더 많다. 그럴 수도 있지.

가끔은 포기할 때도 있다. 그럴 수도 있지.

내가 나를 더 잘 보살피지 못해서 미안하다. 그럴 수도 있지.

잠깐 멈추는 게 두렵지만 그래도 돼.

나를 보살필 시간을 나에게 주려고 한다. 그래도 돼.

어린 내가 보인다.

충만하지 않을 이유가 없잖아?

흥겨워하지 않을 이유가 없잖아?

최선을 다해 애쓰고 수고한 나,

제일 감사해야 할 사람은 나!

감사는 결코 졸업이 없는 과정이다.

· 발레리 앤더스 ·

13.

힘든 상황을 긍정으로 잘 버텨온 나

고선해

감사 하나.

"스타킹을 한 개라도 살 수 있어서 다행이다."

나는 2004년부터 강사로 활동하기 시작했다. 하지만 일은 순탄하게 풀리지 않았고, 2007년은 경제적 위기까지 겪어야 했다.

마트에서 필요한 물건들을 사고 나오려는데, 계산대 옆 '고탄력 스타킹 50% 세일'이라는 문구가 눈에 들어왔다. 한 푼이라도 아껴야겠다는 마음에 세일하는 스타킹 두 개를 집어 들고 지갑을 열었다. 그런데 내 지갑 속에는 이천 원이 전부였다. 스타킹 두 개 중 하나를 내려놓고 이천 원을 내고 잔돈 오백 원을 받았다. 고작 삼천 원이 없어 세일하는 스타킹을 하나밖에 살 수 없었지만 나는 절망하지 않았다. 손바닥에 있는 오백 원을 바라보는데 저절로 기도가 나왔다.

"하나님, 세일하는 스타킹을 하나라도 살 수 있게 해주셔서 감사합니다. 스타킹을 사고도 아직 오백 원이나 남았어요. 이 오백 원으로 자판기 커피 두 잔을 마셔도 백 원이나 남아요. 하하하. 지금은 세일하는 스타킹 두 개도 못 살 형편이지만, 빠른 시간 안에 스타킹을 박스째 사고 환하게 웃으면서 오늘의 일을 말할 수 있도록 도와주실 거죠? 예수님 이름으로 기도합니다. 아멘."

시간은 쏜살같이 지나가고, 나의 강사 활동은 정상궤도에 오르는 데 성공했다. 어느 해 봄. 힘들었지만 잘 견뎌낸 지난 시간을 기억하고 싶어 고탄력 스타킹을 박스째 구입했다. 그리고 그 스타킹을 꺼내 신을 때마다 감사 기도를 드렸다.

오랜 시간이 지났지만, 이때의 일은 긍정과 감사에 대한 강의를 할 때 에피소드로 사용하고 있다. 없는 것에 집중하며 괴로워하지 않고 가진 것에 감사하며 살 수 있는 마음을 주신 하나님께 늘 감사하다.

감사 둘.

나는 잘 웃는다.

얼굴은 44사이즈. 입은 88사이즈.

큰 입으로 호탕하게 웃는 나의 웃음에 당황하는 사람도 있지만, 에너지를 얻는다는 사람들이 많아 감사하다.

나는 도전을 잘한다.

완벽한 준비와 전략은 있을 수 없으므로 용기 내어 도전하고 행동한다. 무모한 도전으로 인한 실패도 있었지만, 나만이 할 수 있는 것을 찾아 많은 성과를 내면서 이 자리까지 올 수 있어 감사하다.

나는 팀원들의 장점을 잘 찾는다.

팀원들의 장점을 찾아 있는 그대로 인정해 주며 자주 말해준다.

덕분에 우리 팀원들은 자신도 몰랐던 장점을 찾고 잠재된 능력을 발휘하면서 탁월한 성과를 내고 있어 감사하다.

감사 셋.

잘 살아온 나에게,

지금도 잘 살아가고 있는 나에게,

앞으로도 잘 살아갈 나에게 감사하다.

그래서 나에게 좀 더 관대해지려 한다.

내가 원하는 대로 글이 잘 써지지 않는다. 그럴 수도 있지.

아무것도 안 하고 멍때리고 싶다. 그래도 되지.

가끔은 오로지 나만을 위한 선택을 하고 싶다. 그래도 되지.

힘든 상황을 긍정적으로 해석하면서 잘 버텨온 나!

이 세상에서 제일 감사해야 할 사람은 바로 나!

고마워, 선해야.

자신이 가지지 못한 것에 슬퍼하지 않고

자신이 가진 것에 감사하는 사람은

현명한 사람이다.

· 에픽테토스 ·

14.

더 소중한 나 더 감사한 나

이성화

감사 하나.

"왜 ○○한테 그렇게 말했어?"

늦은 밤, 집으로 돌아가는 차 안에서 남편은 짜증 섞인 목소리로 나에게 쏘아붙였다.

상황을 설명하려 했지만 듣지 않고 자기 이야기만 한다. 어떤 말도 통하지 않았다. 오직 자기의 말만 옳은 듯했다. 운전 중이던 나는 페달을 더 세게 밟았다. 어두운 도로 위로 자동차 불빛만 보였고 달리는 바퀴 소리만 들릴 뿐이었다.

며칠 전 이야기인데 내용은 기억이 안 난다. 억울하고 화난

감정만 기억할 뿐이다. 다른 사람이 나를 욕해도 화가 나지만 가족한테서 듣는 말은 더 큰 상처가 된다. 그래서 알게 됐다. 내가 하는 말 또한 가족들에게 많은 상처가 됐을 수도 있었겠구나.

나와 가깝다는 이유로 쉽게 말하지 말자고 다짐하며 깨달을 수 있음에 감사하다. 또한, 남의 마음이 어떠한지 정확히 듣지 않고 자신의 해석과 판단대로 정죄하는 건 억울함을 낳게 된다는 것도 깨닫게 되었다. 잘 듣고 상대의 의도를 이해하는 태도 역시 중요하다는 걸 알게 되어 감사하다.

그리고 나에게 화를 낸다는 건 그만큼 애정과 관심이 있기에 속상함을 표현한다는 것으로 생각하니 감사하다. 평상시 나의 말투와 행동을 점검하고 글을 쓰며 돌아볼 수 있는 시간이 되어 감사하다. 성장하려는 나의 태도에도 감사하다.

감사 둘.

나는 책임감이 강하다. 나에게 맡겨진 일이면 시간과 에너지를 들여 일하고 잘 안됐다 하더라도 내 책임으로 알고 감내할 수 있음에 감사하다.

나는 남이 하고 싶은데 못 하는 말을 하기도 한다. 남의 눈치를 안 볼 수는 없지만 합당하지 못하다고 판단될 때는 과감히 말하는 편이라 속 시원히 말할 수 있음에 감사하다.

나는 남의 마음을 먼저 이해하려는 편이다. 사람마다 상황과 처지가 다르다 보니 소통할 때 오해할 수도 있다. 하지만 나와 다르다고 해서 남에게 상대방을 안 좋게 말하기보다 먼저 이해하려는 태도를 보이고 이해하는 모습에 감사하다.

감사 셋.

하루쯤 나만을 위해 휴가를 가고 싶을 때가 있다. 그럴 수도 있지.

하기 싫은 일은 안 해버리고 싶다. 그럴 수도 있지.

놀고 있으면 마음이 불안할 때가 있다. 그럴 수도 있지.

만 보 걷기 싫을 때는 그냥 안 해도 돼. 그래도 돼.

직장에서 낮잠 편하게 자고 싶다. 그래도 돼.

사랑받지 못할 이유가 없는 나.

행복하지 않을 이유가 없는 나.

내 인생에서 내가 빠지면 남는 게 없잖아?

그래서 더 소중한 나.

그래서 더 감사한 나.

작은 것에 감사하지 않는 자는 큰 것에도 감사하지 않는다.

· 에스토니아 ·

15

자유롭게 살 이유가 충분한 나

이정숙

감사 하나.

'게으른 돈의 엉덩이를 걷어차라.'

《돈, 일하게 하라》 책에서 필사한 문장이다. 육십이 넘은 요즘, 가장 많은 시간을 보내고 있는 주제이다. 가지고 있는 돈을 일하게 하려면 어떻게 해야 하나? 주식으로 부자가 된 박영옥 저자를 만나기로 마음먹었다. 저자가 펴낸 책을 모조리 구입하였다.

거실 식탁에 두고서 공부하는 기쁨에 시간 가는 줄 몰랐다.

'당신도 행복한 부자가 될 수 있다.'는 문구에서 희망을 발견하였다. 이런 희망을 글로 표현할 수 있어서 감사하다. 배운 것을 혼자 독식하지 않고 나눌 수 있는 마음 또한 감사하다. 돈으로부터 자유를 얻을 수 있다는 희망을 준 이 책의 저자에게도 무한 감사하다.

감사 둘.

나는 일을 잘한다.

일머리가 잘 돌아가니 짧은 시간에도 뚝딱뚝딱 파티를 진행할 수 있어서 감사하다.

나는 몰입을 잘한다.

공부하고자 하는 주제가 있으면 그 분야의 책을 전략적으로 읽고 실행할 수 있어서 감사하다.

나는 잘 나눈다.

내가 해 보고 즐겁고 신나는 일이라면 즉각적으로 사람들에게 정보를 주고 연결할 수 있어서 감사하다.

감사 셋.

정리도 하지 않고 자고 싶을 때가 있다. 그래도 돼.

쌓인 설거지를 두고 남편과 산책 나갈 때가 있다. 그럴 수도 있지.

글쓰기 과제물을 기한 안에 못 낼 때도 있다(그래도 될까요?).

자유롭게 살 이유가 충분한 나.

나눌 것이 충분한 나.

글쓰기로 충만함을 느끼는 나.

아, 축복이다.

불행할 때 감사하면 불행이 끝나고

형통할 때 감사하면 형통이 연장된다.

· 찰스 스펄전 ·

16.

머무는 곳마다 좋은 영향력을 전해 주고 있는 나

김경아

감사 하나.

"진짜야? 와!" 감탄사와 함께 나를 꼭 안아주던 30년 전 신랑의 기운을 지금도 기억하고 있다.

결혼식을 마치고 신혼여행을 다녀왔더니 새로운 프로그램 도입으로 유치원에 일거리가 가득했다. 야근과 정신없는 날이 계속되는 동안 내 몸의 변화는 느끼지 못한 채 주어진 일에만 몰입하던 중 감기로 하루 쉬어 가려 일찍 귀가했다. '혹시?' 하며 달력을 보는 순간 '어!' 하는 생각이 들었고, 산부인과를 방문했다.

소중한 첫 생명이 우리 부부에게 찾아왔다. 아무 준비 없이 첫째를 맞이하긴 했지만 너무나 좋아하던 신랑과 부모님의 모습은, 잊을 수 없는 감사의 선물이 되었다. 첫째는 지금 나의 곁을 지켜주고 있다. 나와 같은 일을 하는 유치원 교사로서 나를 이해해 주어 너무나 감사하다.

감사 둘.

나는 공감을 잘한다. 유아들은 자신의 반응에 격하게 공감해 주면 좋아한다. 그래서인지 나는 공감이 몸에 배어 있는 것 같다. 다른 사람들과 만날 때도 마찬가지다. 공감의 언어와 행동으로 잘 소통할 수 있음에 감사하다.

나는 편안한 사람이다.

"선생님을 만나면 마음이 참 편안해요.", "함께해서 기분이 좋아졌어요."라는 이야기를 자주 듣고 있어 감사하다.

나는 마음이 부드러운 사람이다. 덕분에 타인과 커다란 부딪힘 없이 두루두루 편히 지내고 있음에 감사하다.

감사 셋.

나 자신이 내 눈치를 보느라 주춤할 때가 있었지. 그럴 수 있지.

완벽하지 않아도 되는데 혼자 힘들어하던 때가 있었지. 그럴 수 있지.

일을 좀 못하면 어때? 그래도 돼.

여기까지 잘 살아왔고, 나를 제일 잘 아는 내가 항상 응원하고 있잖아. 잘했어!

나의 단점조차도 귀하게 사용하고 계시는 분이 나를 인정해 주시고 내가 머무는 곳마다 그분이 원하시는 영향력들을 전해 주고 있는 나,

제일 감사해야 할 사람은 나.

나는 감사할 줄 모르면서 행복한 사람을

한 번도 만나보지 못했다.

· 지그 지글러 ·

17.

감사로 영혼과 소통하는 나

백미정

감사 하나.

"밥 먹으러 와라."

아빠, 엄마가 이혼을 결정하고 친정에서 마지막으로 밥을 먹던 날이었다. 20년도 더 된 일인데 짐을 싸다가 만 파란색 박스, 상 위 반찬들을 놓기 전 깔아 둔 흰색 전지가 기억난다. 학교 들어가기 전 나이였을 내 동생들은 어디에 있었을까? 동생들의 움직임, 소리, 감촉을 아무리 떠올려 봐도 머리카락 한 올 건지지 못했다. 아빠 뭐가 그리 속이 뒤틀려 있었는지 가족과 밥을 먹지 않고 정수기 물에 밥을 말아 큰 방으로 들어가 버렸다(앞으로 나는 물에 밥을 말아 먹지 않을 테다).

지금 난, 나의 슬픔을 글로 쓸 수 있어 감사하다. 뜬금없는 소리로 들릴 테지만, 진짜 감사하다. 내 소중한 감정들 중 하나인 슬픔을 지그시 바라볼 수 있도록 도와준 글쓰기에 감사하다. 상황이 다를 뿐 누구나 슬픔이 있다는 것을 체득한 내가 감사하다. 나의 슬픔을 우리 아이들에겐 주지 말아야지 다짐하며, 웃는 엄마 행복한 엄마가 되고자 노력하는 내가 감사하다.

모든 것이 감사하다.

감사 둘.

나는 글을 잘 쓴다. 글쓰기로 사람들의 생각이 변화, 성장하는 데 도움 줄 수 있음에 감사하다.

나는 강의를 잘 한다. 청중들의 이야기를 듣고 내 이야기를 할 수 있는 소통의 기술과 함께, 강의가 치유의 시간이 될 수 있음을 경험하고 있기에 감사하다.

나는 잘 웃는다. 상대방을 좋아하고 존중한다고 표현할 수 있는 최적의 도구인 웃음으로 관계가 좋아지니 감사하다.

나의 장점으로 나와 사람들의 영혼이 이어지는 것 같아 감사하다.

감사 셋.

아무것도 안 하고 싶을 때가 있다. 그럴 수도 있지.

삶의 반대편을 생각할 때가 있다. 그럴 수도 있지.

낮잠 실컷 자고 멍때리기 해도 돼. 그래도 돼.

애들이 말 안 들을 때 울어도 돼. 그래도 돼.

행복하지 않을 이유가 없잖아?

내 인생을 제일 열심히 살아온 나,

제일 감사해야 할 사람은 나.

감사는 최고의 항암제요, 해독제요, 방부제다.

· 존 헨리 ·

Chapter 2.

주다

: 성공의 절대 요소, 나눔

주다
1. 물건 따위를 남에게 건네어 가지거나 누리게 하다.
2. 시간 따위를 남에게 허락하여 가지거나 누리게 하다.
3. 앞 동사의 행위가 다른 사람의 행위에 영향을 미침을 나타내는 말.

성공의 시작은,
환경에 따라 변화무쌍한 자신을
고요한 마음으로 들여다보고
'나'를 알아차리는 것이라고 생각한다.
자기 생각과 감정을 알아차리면,
자신에게 도움 되지 않는 것은 놓아버리거나
자신을 위한 일은 지속하는 힘을 가지게 된다.
함께 하는 분들이 '나'로서 존재하며
자신을 위한 삶을 살 수 있도록
수용과 사랑의 시간을 '주는 자'가 될 것이다.

마스크 팩과 컵라면

김미경

파란 하늘과 하얀 구름이 선명한 5월의 아침이었다. 집 앞에 학교 버스가 섰다. 아침마다 "굿모닝!"을 외치는 버스 기사 할머니, 아이의 안전벨트를 매주는 도우미 할머니에게 선물을 준비했다. 마스크 팩과 사발면의 이상한 조합이었다. 큰 선물 봉투를 주문하는 바람에 마지막 순간에 부피가 큰 컵라면을 끼워넣었다. '한국 음식 한 번 경험해 보세요.' 하는 마음으로.

"This is for you."
선물 봉투를 내미는 내 손을 바라보던 버스 기사 할머니의 얼굴에 기쁨이 떠오르고 "Thank you."가 흘러나왔다.

'이 짧은 순간을 위해 선물을 준비하는구나!' 무엇이 좋을까 고민하고 검색하고 카드를 쓰고 봉투에 넣는 정성이 이런 기쁨을 만들어 냈다.

뒤늦게 선물을 전달받은 도우미 할머니는 장문의 문자를 보내왔다. 곧 무릎 수술을 하는데 그 후에 회복하면서 마스크 팩을 하겠단다. 그리고 일주일 후에는 두 분이 함께 아이의 졸업 축하 카드와 현금을 보내셨다.

내가 굴린 작은 공이 큰 공이 되어 돌아온 것이다. 내 마음과 세계가 가족과 친구를 넘어 주변으로 확장된 순간이었다.

관계는 어색함을 이기고 먼저 손을 내밀 때 시작된다. 감사를 '표현'하면 기쁨이 커지고 마음이 따뜻해진다. 앞으로도 자신의 일에 충실한 아름다운 분들을 기억하고, 감사를 전하는 여유를 가지고 싶다. 작지만 소중한 마음을 전하는 사람이 되고 싶다.

2.

배우고 채워가면서

김민주

피곤이 몰려오는 오후 5시, 이제 곧 퇴근할 생각에 힘을 내 보는 여름날이었다. 아들의 담임 선생님께 걸려 온 전화 한 통. '무슨 일이 있는 걸까?' 괜한 걱정을 앞세우며 전화를 받았다.

"어머님, 지금 잠깐 통화 괜찮으세요?"

담임 선생님의 목소리가 밝다. 속으로 안도의 한숨을 내쉬면서 담담한 척 대답했다.

"네. 선생님 무슨 일 있으신가요?"

"우리 반에 학교 폭력이 발생했습니다."

순간 가슴이 철렁했다. '아들이 학교 폭력을 당한 걸까? 아니면 폭력을 했단 말인가?' 혼자 상상하면서 가슴을 졸였다.

"어머님 놀라셨지요? 우리 반에 학교 폭력이 일어났는데 희망이가 피해 학생의 증인이 되어 주었습니다. 요즘 아이들, 대부분 자기만 생각하는데 희망이는 좀 다르네요.

어머님께서 아들 참 잘 키우셨어요. 퇴근하면 희망이 칭찬 좀 해 주라고 전화 드렸습니다."

선생님의 전화를 받고 마음이 심란해졌다. 분명히 칭찬해야 할 일인데 엄마인 내 마음에는 걱정이 일어나기 시작했다.

'혹시 가해 학생이 희망이에게 보복이라도 하면 어쩌지?' 퇴근 후 아들을 보는 순간 내 마음속에 있던 말이 불쑥 튀어나왔다.

"희망아, 선생님께 전화 받았어. 너 왜 그랬어? 니 일도 아닌데 모른 척 하지. 혹시 그 친구가 너한테 해코지라도 하면 어쩌려고?"

선생님께서 용기 있는 행동을 한 아들을 칭찬해 주라고 했는데, 나는 오히려 그런 아들을 나무라고 있었다.

"엄마, 선생님은 나한테 친구가 속상할 때 도와줘서 잘했다고 칭찬해 주시던데 엄마는 왜 그래? 힘든 친구들 있으면 도와주라고 해 놓고, 내가 그 친구 괴롭힘당하는 거 다 봤는데 모른 척해야 하는 거야?"

속이 상한 지 따지듯이 말하는 아들을 보면서 말과 행동이 일치하지 않은 모습을 보인 내가 부끄러웠다.

"아들, 엄마가 미안해. 말로는 어려운 친구들 도와주라고 하면서, 막상 이런 일이 생기니까 엄마는 니 걱정부터 하는구나. 엄마도 어쩔 수 없나 봐. 팔이 안으로 굽는다는 말이 딱 맞네. 너는 친구를 생각하는 마음으로 용기 내서 증인이 되어 주었는데, 엄마는 니가 괴롭힘당할까 봐 불안했어. 미안해. 엄마보다 마음 그릇이 더 큰 희망이가 자랑스러워. 오늘 진짜 잘했어."

어느새 훌쩍 자란 아들을 꼭 안아 주면서 말했다.

"이제 우리 엄마 같네. 엄마 칭찬 들으니까 좋아."

밝은 아들의 목소리를 들으면서 노파심에 또 한마디 한다.

"희망아, 혹시라도 그 친구가 너 증인 되어 준 거 알고 해코지하면 선생님께 바로 말씀드려. 엄마한테도 꼭 얘기하고. 등하굣길도 밝은 곳으로 다니고."

"엄마, 알겠어. 걱정하지 마. 그 친구 그렇게 나쁜 아이 같지는 않아. 선생님께서도 나 잘 챙겨 주겠다고 하셨어."

"역시 엄마 아들, 너는 사랑이 참 많은 아이야. 지금처럼만 밝고 건강하게 자라줘. 엄마에게 너는 없어서는 안 될 소중한 선물이야."

성공의 시작은,

상대방을 있는 그대로 인정하는 마음으로,

함께 웃으면서 손잡고 걸어가는 것이라 생각한다.

지금처럼 아들이 따뜻한 사랑을 나누면서 각자의 다름을 인정하고 살아갈 수 있도록 안내할 수 있는 엄마가 되고 싶다. 사랑을 배우고 채워가면서, 언제나 그 자리에 서 있는 든든함을 느끼게 해 '주는 자'가 될 것이다.

행복의 총합이 늘어날 수 있는 방법

서혜주

"김진걸! 김진걸?"

대답이 없다. S 중학교 방과 후 영어 시간, 정각이 되어 얼굴을 보며 출석을 부르던 때였다. 인원 확인이 끝나고 수업을 시작하려는 찰나, 누군가 헐레벌떡 교실로 뛰어 들어왔다. 몇 주 사이 얼굴을 익힌 진걸이었다. 왜 늦었느냐고 물어볼 사이도 없이 친구들끼리 대화가 오갔다.

"야, 왜 이제 오냐?"

"어어, 교문 앞에서 길을 묻는 할머니 한 분을 만나서. 시간이 없긴 했지만 가까워서 목적지까지 바래다 드리고 오느라고."

진걸이가 나와 눈을 맞추었다.

"선생님, 늦어서 죄송합니다."

넉살 좋게 꾸벅 인사도 했다. 한 마디가 필요할 듯했다.

"그래. 진걸이는 어려움에 처한 사람을 돕는 친절한 사람이구나."

그러자 옆에서 다른 아이가 거든다.

"쟨 원래 그래요."

평상시 진걸이의 행동이 어떠했길래 '친절'이란 덕목이 급우의 눈에 들어오게 된 것일까.

"도움이 필요한 사람을 돕는 그 마음, 계속 간직하며 자라면 좋겠구나."

진걸이는 "예!"하고 씩씩하게 답했다.

지금쯤 어떤 모습으로 자라 있을지 가끔 궁금하다. 지하철이나 거리에서 길을 묻는 이를 만나면 여지없이 생각나는 얼굴이다. 그 영향인지 나는 이후 길을 물어오는 이에게 더욱 성심성의껏 답해 오고 있다. 얼마 전엔 집을 찾는, 행동과 말이 어눌한 어르신을 역무원에게 안내해 드렸다.

선행은 또 다른 선행을 낳고 키운다. 이 세상 어디서든 진걸이는 이타심과 의협심을 가진 멋진 청년이 되어 있지 싶다. 사람은 쉬이 변하지 않고, 좋은 성품은 반복을 통해 더욱 강화되니 말이다.

성공의 시작은,

남도 나와 같다는 마음으로,

반드시 행동을 통하여,

선한 영향력을 미치는 것이라고 생각한다.

말은 공짜다. 그러나 그것의 여파는 하늘과 땅 차이다.

이왕 하는 한마디의 말, 나는 할수록 가치를 더해가는 칭찬, 인정, 덕담의 말을 '주는 자'가 될 것이다. 그러면 인류 행복의 총합이 늘어나지 않을까?

4.

단지 장점을 말해줬을 뿐인데

홍석부

친구와 함께 스타벅스에 갔습니다.

"아이스 아메리카노 tall 사이즈에 바닐라 시럽 두 펌프 넣어서 주세요. 먹고 갈게요."

달게 마시려면 왜 아메리카노를 먹냐고 장난스럽게 묻는 친구를 보며 말합니다.

"나는 이렇게 먹는 게 맛있더라."

'취향은 그 사람에게 있어서 중요한 삶의 영역이다.' 법정 스님의 말씀이 생각나네요.

2층에 올라왔어요. 주변을 보는데 앉을 자리가 없네요. 큰 목소리로 수다를 떨고 있는 아주머니들도 보이고, 여유롭게 책을 읽고 있는 청년도 있습니다. 노트북을 켜고 바쁘게 일하는 직장인, 토익 공부에 온 신경을 집중하는 대학생도 보입니다. 운이 좋았어요. 얼마 지나지 않아 아주머니께서 일어나셨거든요. 재빨리 친구와 그쪽으로 가서 앉았습니다.

친구인 동채는 아이처럼 순수하다고 느껴질 때도 있고 세상 물정 모른다는 생각이 들 때도 있어요. 왜냐고요? 어른인 우리는 시도하기 전에 포기하는 일이 많잖아요. '이건 현실적으로 불가능해.'하고 말이에요. 그 친구는 떠오르는 것을 다 말해요. 미리부터 '이건 안 될 거다.'라고 생각하지 않는 거죠. 스타벅스로 오는 길에 낙지집이 하나 있었어요. 한동안 낙지집을 쳐다보던 동채는 말했어요.

"낙지볶음에 야채를 전부 빼고 커다란 낙지 한 마리만 넣는 거야. 손님이 보는 앞에서 그 낙지를 토치로 굽지. 빨간 소스를 뿌려 화산 폭발하는 듯한 느낌을 주면 어떨까."

"동채야, 너는 기발한 생각을 잘하는 것 같아. 그 아이디어 판매하는 건 어때? 또는 글로 써서 책을 출간하는 것도 좋을 것 같아."

잠깐의 정적이 흐릅니다. 사실, 동채는 작가가 되고 싶었다고 해요. 동채 눈빛이 이글거려요. 글을 써야겠다고 말을 하더니 핸드폰 메모장에 끄적이기 시작하네요. 망설임 없이 글을 써 내려갑니다. 글쓰기, 쉽지 않은 일인데 놀랍네요.

"고마워. 내가 진짜 하고 싶었던 것을 잊고 지냈었는데 네 말 덕분에 꿈을 다시 생각하게 되었어."

말에 떨림이 느껴져요. 단지 장점을 말해줬을 뿐인데, 마치 대단한 일을 한 것 같아 기분이 좋아요. 얼마 지나지 않아 자신이 적은 글을 보여주었어요. 저는 첫 독자가 된 기분으로 글을 천천히 읽었습니다.

단 한 사람에게만 긍정적인 영향을 주어도 그 삶은 잘 산 것이라고 해요. 삼십이 넘은 지금에서야 조건없이 선의를 베푸는 사람의 마음이 이해되네요.

제가 생각한 성공의 시작은 남을 행복하게 해주는 것이에요. 그것이 내가 행복해지는 길이기도 하죠. 원석을 보석으로 만드는 일. 생각만 해도 두근거려요. '희소성의 원칙'에 대해 들어보셨나요? 적게 존재할수록 가치는 큰 법이죠. 마치 다이아몬드처럼 말이에요. 그렇다면 우리의 가치는 어떨까요? 한 가지 확실한 것은 세상 어떤 것보다 귀하다는 겁니다. 그런데 제 주변에는 그것을 모르고 살아가는 사람이 많아요. 그래서 저는 자신감이 부족하고 아직 장점을 발견하지 못한 이들을 도와줄 거예요. 그게 제 사명이니까요.

5.

찰나의 좋은 변화를 영원으로 바꾸는 기회

송지은

퇴근 후 밤 10시. 그동안 새벽 낭독 후 써 온 글들을 정리하며 미라클 작가님들과 두 번째 전자책을 만들고 있다. 몸은 피곤하지만 조금씩 책으로 완성되어 가는 과정이 뿌듯하다.

'각자의 다양한 경험, 생각과 행동의 변화를 책으로 만들면 어떨까?'

블로그를 시작하고 여러 채널을 운영하면서, 스치듯 지나가는 생각과 혼자만 알고 있던 경험을 글로, 말로, 영상으로 남기면 더 오래 지속되는 힘이 있음을 알게 되었다. 그 좋은 경험을 나 혼자만 하기엔 아까웠다. 함께 책을 읽고 나누는 사람들과 같이 누리고 싶었다. 책을 낭독하고 이야기를 나누던 모임에서 자기 생각과 경험을 글로 쓰자고 제안했다. 자신을 표현하고 싶었으나 시간이 없고 방법을 알 수 없어 하지 못하셨던 분들은 제안을 기꺼이 받아주셨다. 그렇게 시작한 전자책 과정이 어느새 두 번째가 되었고, 세 번째 책에 들어갈 글도 쓰기 시작했다. 며칠 동안 조금씩 시간을 투자해 만든 책을 미라클 작가님들께 공유했다. 그들이 써온 글들이 책이 되어가는 것에 기뻐해 주시고 감사를 표현해 주셨다.

"꺄아아아! 너무 멋져요. 완전 반함. 다 읽어보지는 못했는데 일단 눈에 들어오는 느낌만으로도 감동입니다. 감사합니다. 그리고 다들 정말 멋져요! 이미지도 찰떡같은걸요! 내 머릿속의 생각과 느낌을 말과 글로 다 표현 못 해서 아쉬울 뿐입니다."

"어머나, 너무 멋지네요! 차분히 읽어봐야겠어요. 지은 샘, 너무너무 수고 많으셨고 감사합니다."

요즘은 누구나 쉽게 책을 만들 수 있는 플랫폼이 많다. 그것을 활용하여 각자가 써주신 글과 어떤 디자인이 어울릴까 고민하며 전자책을 만들었던 시간을 보상받는 기분이었다.

많은 사람이 글을 못 쓴다고 하지만 자신을 표현하고 싶은 욕구는 누구나 있다. 하지만 자신의 감정과 생각을 들여다볼 여유도 없이 일상을 살아가기 바쁘다. 그런 삶 속에, 새벽 낭독모임에서 자신이 순간순간 나눴던 생각과 감정들을 놓치지 않고 글로 표현할 수 있는 시간. 그것은 찰나의 좋은 변화를 영원으로 바꾸는 기회가 된다. 낭독과 질문, 글쓰기로 한 걸음씩 나와 같이 성장하는 사람들의 변화는 나를 충만하게 만든다.

성공은, 환경에 따라 변화무쌍한 자신을 고요한 마음으로 들여다보고 '나'를 알아차리는 것에서 시작한다. 자기 생각과 감정을 알아차리면, 자신에게 도움 되지 않는 것은 놓아버리거나 자신을 위한 일은 지속하는 힘을 가지게 된다. 함께 하는 분들이 낭독과 글쓰기로 '나'로서 존재하며 자신을 위한 삶을 살 수 있도록 수용과 사랑의 시간을 '주는 자'가 될 것이다.

6.

축복의 말

김민경

6월의 어느 날, 현숙 선생님이 생각나서 연락을 하게 되었다. 함께 그림책 동아리를 통해 3년간 알고 지내온 선생님이다. 마음이 따뜻하고 감성이 풍부한 그분은 책 읽기를 즐긴다. 이제는 글을 쓰기 시작하시면 좋을 텐데, 바쁜 일상 가운데 하지 못하는 것 같아서 늘 안타까운 마음이 있었다.

"선생님, 잘 지내시죠?"

"네에, 민경 선생님."

"선생님, 필사 모임을 같이 해보시는 것은 어때요? 저도 이

번에 하게 되었는데, 선생님도 하시면 좋을 것 같다는 생각이
들었어요."

"아, 그래요? 저도 해볼게요."

"선생님은 글을 정말 잘 쓰세요. 제가 많이 아는 것은 아니지
만 책도 많이 읽으셨고, 표현이 너무 좋으세요."

"아, 그래요? 그런 이야기 처음 들어봐요."

"선생님, 저희 동아리 분들도 그 이야기 많이 해요. 그림 그
리기 때문에 힘들어하지 마시고 글을 계속 써보세요. 선생님의
마음을 글로 풀어내시면 정말 좋을 것 같아요."

선생님은 나의 권유로 필사 모임을 함께 하게 되었으며, 선
생님의 글쓰기를 보면서 역시 잘하신다고 생각했었다. 비록 개
인적인 사정으로 계속하지는 못했지만 결국에는 글을 쓰게 될
것이라 생각한다. 나의 작은 표현에도 이렇게 고마움을 표현해
주시는 선생님을 통해서 나도 힘을 얻게 된다. 무언가 큰 것을
해준 것이 아닌데 말이다. 나의 말을 통해 힘을 얻는다는 고백
은 다른 사람들에게 인정, 격려, 칭찬하고 싶다는 마음이 더욱
커지게 만든다.

그때가 언제가 될지는 모르지만, 선생님은 글쓰기로 사람들
의 마음을 어루만지는 멋진 작가가 되실 것이라 생각한다. 성공

의 시작은 다른 사람을 인정하고 지지하며 축복하는 것이라고 생각한다. 나는 내가 만나는 분들이 자신을 있는 모습 그대로 인정하고 소중한 자신을 찾아가길 바란다. 나아가 진정한 행복을 누리는 축복된 삶을 살아가도록 돕는 사람이 되고 싶다.

7.

오늘은 내 생애 최고의 날이다!

고선해

오전 10시. 예쁘게 꽃단장하고 낭독 모임을 온라인으로 진행하기 위해 카메라 앞에 앉았다. 오늘도 원장님들과 함께 웃음과 감사를 나눌 생각에 설렌다.

"원장님, 오늘은 어제 죽은 이가 그토록 그리던 내일이라고 합니다. 우리에게 주어진 오늘 하루가 생애 최고의 날이 될 수 있도록 우리 함께 외쳐보아요. '오늘은 내 생애 최고의 날이다'를 외치고 15초 이상 박수를 치며 웃으셔야 합니다. 시작! 오늘은 내 생애 최고의 날이다. 하! 하하! 하하하! 하하하하하하하하!"

낭독 모임을 하던 첫 날, 나는 '박장대소 웃음'을 제안하고 시범을 보였다. 나의 시범에 대부분의 원장님들이 눈을 동그랗게 뜨며 고개를 절레절레 흔들었다. 그런데 2주일이 지난 오늘은 화면 속에 보이는 모든 원장님이 온 마음을 다해 박장대소하면서 웃고 있다. 나보다 더 과하게 웃으시는 원장님도 있다. 열정을 다해 웃는 그분의 웃음소리에 우리는 또 웃었다. 하하하하하하하!

낭독 모임 후 단체 채팅방에 원장님들의 후기가 올라온다.

"소장님, 언제 이렇게 큰 소리로 웃었는지 기억도 안 나요. 그런데 소리 내어 웃고 나니, 가슴이 뻥 뚫렸어요. 소장님 강의는 '뚫어뻥'이에요."

"힘들다고 불평하지 말고, 오늘을 생애 최고의 날로 보내야겠어요."

"살아있음이 축복이고 감사입니다. 오늘부터 감사 일기 꼭 써야겠어요."

"유아행복연구소가 아니라, 평생 행복병원이네요. 처방전도 없고 약도 없지만, 우리가 치유되고 있어요."

우리는 2주 동안 "오늘은 내 생애 최고의 날이다! 하! 하하! 하하하!" 외치고 박장대소하면서 하루를 시작했다. 또한, 감사

목록을 작성하고 소회의실에 모여 낭독도 했다. 그 과정을 통해 치유 받는다는 원장님들이 늘어났다.

"소장님이 유아 교육의 선구자라고 생각했는데, 강의를 들을 수록 '사람의 영혼을 살리는 선구자'라는 생각이 드네요."

한성 어린이집 원장님의 칭찬이, 하나님이 주시는 메시지처럼 들리면서 사명감이 생겼다.

'그래. 나의 삼모작 인생은 말과 글로 사람의 영혼을 살리는 선구자로 살아가자!'

꿈이 같은 사람은 모이게 되어 있다. 나와 같은 사명을 가진 사람들과 함께 몸과 마음이 지친 이들을 도우면서 앞으로도 의미 있는 삶을 살고 싶다.

성공의 시작은 사람들이 필요로 하는 것이 무엇인지 알아차리는 마음이라고 생각한다. 내가 가진 재능을 아낌없이 나누어 사람들의 필요를 충족시켜주는 데 도움을 주면 성공은 따라오게 되어있다. 나는 계속해서 지친 원장님, 마음이 아픈 원장님들께 위로와 용기를 줄 방법을 찾는 데 최선을 다할 것이다. 원장님들이 붙여준 '평생 행복병원', '사람의 영혼을 살리는 선구자'라는 수식어가 무색하지 않도록 말이다. 하나님께서 나에게 주신 달란트인 웃음, 긍정, 감사로 재능 기부를 하면서 하루하루를 생애 최고의 날로 보낼 수 있어 감사하고 또 감사하다.

8.

결국 시간이 지나면

송수진

시카고의 길고 긴 겨울이 끝나고 봄을 알리는 노란 민들레들이 별처럼 피어나던 어느 봄날이었다.

당시 남편의 해외 근무로 여행처럼 시작된 우리 가족의 미국살이는 아이들의 교육을 위해 이민으로 가닥을 잡아가고 있었다. 나는 토요일마다 아이들이 다니던 한국학교에서 교사로 봉사하며 그럭저럭 미국 생활에 적응하고 있었다.

잠깐 머물다 한국으로 돌아가려던 때와 달리 이곳에 뿌리를 내리고 살겠다고 결정을 한 뒤로 나의 미국살이는 180도 바뀌었다. 가장 먼저 아이들의 한글 공부가 고민이 되었다. 아이들은 빛의 속도로 한글을 잊어가고 있었고, 집에서도 자기들끼리 영어로 대화하기 시작했다. 첫 1년은 영어를 못하는 게 걱정이었지만, 얼마 지나지 않아 한글을 잊지 잃게 어떻게 도와줘야 할지가 걱정되기 시작했다. 이곳에 온 지 얼마 되지 않아 동네 한인 마트에 들렀을 때 우리 아이들의 한국어 실력을 보며, 부러워하던 사장님의 마음이 이제는 너무 이해되었다.

일주일에 두 시간, 토요일마다 한국학교에서 한글을 배우는 것으로는 곤두박질치는 아이들의 한국어 실력을 도저히 막을 수가 없었다. 어떻게 하면 내 아이뿐 아니라 한국학교에 다니는 많은 아이에게 잠깐 배우는 한글이 아닌, 일상에서 접하는 한글이 되도록 만들 수 있을지 고민하기 시작했다.

그래서 생각한 것이 도서관이었다. '도서관을 활용해 아이들이 한글을 만날 수 있게 하는 방법이 없을까?' 미국의 모든 공립도서관에는 오전 시간에 어린아이들에게 그림책을 읽어주는 스토리 타임 프로그램이 거의 매일 있다. 무작정 동네 한국 엄마들을 모아 그림책 읽는 모임을 꾸렸다. 준비가 되어있어야 뭐든 할 수 있을 것 같았다.

모임을 시작한 지 1년이 지난 어느 날, 동네에서 친하게 지내던 동생이 우리 시(city)의 공립도서관에서 일을 시작하게 되었다. 그러다가 우연히 어린이 청소년 부서 담당자에게 우리 모임에 대해 이야기를 했고, 며칠 뒤 그 직원을 만나는 자리가 마련되었다.

그리고 정말 꿈만 같은 일들이 벌어지기 시작했다. 도서관에서 한글 그림책을 읽어주는 '한국어 스토리 타임'을 시작하게 된 것이다! 정말 이렇게 빨리 내가 꿈꾸던 일이 현실로 이루어지리라고는 기대도 하지 않았다. 막연히 아이들을 위해 일상에서 접하는 한글 프로그램을 만들고 싶다는 바람이 1년 만에 미국 공립 도서관의 한국어 스토리 타임이라는 현실로 이루어진 것이다. 내가 꿈꾸던 모습 그대로!

프로그램 준비를 위해 담당자와 일대일 면담을 하며, 조심스럽게 물었다.

"우리 시에는 다양한 언어적 배경을 가진 사람들이 사는 데 공공도서관에서 특정 언어만을 위한 스토리 타임이 있으면 혹시라도 문제가 되지 않을까요?"

그러자 당시 담당자였던 켈리는 이렇게 말했다.

"저희 도서관에서는 자폐증을 가진 사람들, 구직 활동을 하는 사람들 등 다양한 필요가 있는 고객들을 위해 서비스를 제공해요. 한국어 스토리 타임도 그런 관점에서 이해한다면 아무 문제가 안 되죠."

"그럼 다행이고요. 이렇게 기회를 줘서 고마워요!"

"도서관에서 당연히 해야 할 일인걸요. 사실 많은 한국 어머니들이 아이들을 데리고 저희 도서관을 찾아주시는 데 그걸 보면서 늘 고민이었어요. 그분들에게 필요한 서비스를 드리고 싶은데 어떻게 접근해야 될지 몰라서요. 한국어 스토리 타임을 통해 저희의 역할을 할 수 있게 되어서 다행이라고 생각합니다."

켈리의 응원은 나에게 큰 용기와 힘을 실어 주었다. 그렇게 시작된 공립 도서관 한국어 스토리 타임은 이제 6년 차에 접어들었고, 우리 시와 함께 시카고 인근 지역에서 한인이 많은 이웃 시(city)로 확대되어 지금은 두 곳의 공립 도서관에서 한 달에 한 번씩 프로그램을 진행하고 있다.

지금은 한국 가정뿐 아니라 비한국 가정의 아이들도 한국의 위상이 올라가면서 함께 해 주고 있어 감사하다. 그리고 얼마 전에는 우리 시의 도서관에 히브리어 스토리 타임이 생긴 것을 보며 한국어 스토리 타임이 밑거름이 된 것 같아 내심 반갑고 뿌듯했다. 다양한 인종이 모여 사는 미국 사회에서 다양성은 아주 중요한 가치이기 때문이다.

처음 한국어 스토리 타임을 시작할 때는 회원들이 조금씩 돈을 모아 그림책도 사고, 재료도 준비했지만 지금은 도서관에서 먼저 봉사료를 제안해 3년 전부터 봉사료를 받고 있다. 그리고 그 돈은 한 푼도 쓰지 않고 모두 모아 그림책을 산다. 그 그림책으로 먼저 우리 회원들이 가정에서 아이들에게 책을 읽어주고 나면, 다시 모두 모아 도서관에 기부를 하고 있다. 처음엔 오래된 (아마도 짧은 미국 생활을 마치고 한국으로 돌아가는 사람들이 도서관에 기부했을) 동화책 몇 권만 꽂혀 있던 썰렁했던 한국어 코너가 멋진 한글 그림책들로 채워져 나갈 때마다 느끼는 뿌듯함은 이루 말로 다 할 수 없다.

성공의 시작은, 내 것을 지키려는 마음을 내려놓고 손해를 봐도 괜찮다는 마음으로 타인을 위해 작은 것을 먼저 나누고 베푸는 것이라고 생각한다. 결국 시간이 지나면 그것이 결코 손해가 아니었음을 알게 될 테니까. 함께 하는 그림책 모임의 어머니들이 봉사와 나눔을 통해 성장하기를, 그리고 우리가 읽어주는 그림책을 통해 이곳에서 자라는 아이들이 자신의 정체성과 뿌리를 소중히 여기는 훌륭한 미국인으로 자라기를 기도한다. 앞으로 나는, 내가 발 디디고 있는 세상에 조금이라도 도움이 되는 '주는 자'로 살 것이다.

9.

사랑을 하고 있나 보다

김지혜

식스팩까지는 아니어도 똥배는 찾아볼 수 없던 나였다. 지금
은 어떨까?

"슬라임보다 엄마 뱃살이지!"를 외치며 내 뱃살을 열심히 조
물락거리는 딸. 바람 빠진 풍선처럼 축 늘어진 내 뱃살처럼 긴
장감이라고는 찾아볼 수 없던 6월의 더운 어느 날이었다. '매일
똑같이 굴러가는 하루, 지루해. 난 하품이나 해. 뭐 화끈한 일,
뭐 신나는 일 없을까.' 자우림의 '일탈' 노래 가사처럼 나에게는
일상의 활력을 불어넣어 줄 무언가가 필요했다.

"꿈을 이룬 많은 사람의 공통점은 리더의 본질을 가지고 있고, 여러분은 이미 리더의 본질을 가지고 있다."는 글을 보며 또양은 냄비처럼 열을 흡수해 마음이 불끈불끈 타올랐다. 교육 신청서를 작성하고 있는 나. 그렇게 5일간의 독서 모임 리더가 되기 위한 도전이 시작되었다. 어떻게 지나갔는지도 모르는 시간을 경험한 후, 모두 한마음으로 독서 모임을 이어가기로 했다.

"우리는 어벤져스 같아요."

"독서 모임에서 힘을 많이 받아요."

"이제는 저도 모르게 애정하는 독서 모임이라고 사람들에게 소개하고 있어요."

"제 인생에서 독서 모임이 참 소중해요. 저를 온전히 드러내도 좋은 곳이 있다는 건 감사할 일이죠. 행복해요." 우리의 독서 모임은 벌써 1년이 되었다. 나는 멤버들에게 책 선물과 감사의 마음을 전했다.

"우리 계속 멀리까지 가서 서로의 성장을 온전히 지켜보도록 해요. 싸랑합니데이."

"꿈만 같았던 1년, 그동안의 시간들이 스쳐 가네요. 이렇게나 소중한 인연을 함께 할 수 있도록 애써주셔서 감사하고 사랑해요."라는 따스한 답장에 하늘을 날아갈 것만 같았다.

"엄마 목소리가 평소와 다르게 엄청 신난 거 같아." 아침 일찍 눈을 뜬 아이가 말한다. 나도 모르게 목소리가 커지고 모임 한참 전부터 눈이 떠지는 것이 남편과의 연애 시절을 떠올리게 했다. 나는 지금 사랑을 하고 있나 보다.

'어떻게 하면 더 좋은 것, 더 많은 것을 나눌 수 있을까?' 행복한 고민을 한다. 좋은 책을 만나면 '모임에서 읽으면 좋겠다.'라는 마음에 멤버들 책도 함께 주문한다. 내가 가진 가장 좋은 것을 주고 싶은 사람들이 생겼다. 모든 사랑을 담아 받는 사람에서 주는 사람이 되어 간다.

성공의 시작은 '나'에서 '우리'가 되는 것이다. 나에게만 향해 있던 시선으로 출발한 도전이 사람들과 함께 멀리 가는 꿈으로 바뀌었다. 노란 신호등을 만나 머뭇거리던 시간도 있었고, 빨간 신호등이 켜져 더 이상 함께하지 못할 것만 같았던 시기도 있었지만 함께였기에 견뎌냈다. 우리는 초록 불을 보며 손을 잡고 걸어가고 있는 중이다. 함께하는 사람들을 마음 다해 응원하고 그들의 성장 과정을 지켜보는 건, 참 기쁘고 행복한 일이라는 것을 나눔을 통해 배우고 있다.

10.

농부처럼

안영선

부드러운 햇살에 만물은 기지개를 켠다. 봄날의 대지는 생명을 잉태할 채비에 분주하다. 덩달아 우리 부부도 바빠졌다.

"여보, 오늘 목표는 세 고랑이에요!"

"좋아! 해 봅시다. 올해는 기필코 미자 씨를 지켜주겠어!"

남편은 넘치는 애정에 두 주먹을 불끈 쥐었다.

작년에 1년생 오미자를 800주 심었다. 심은 후 제때 비가 오지 않아 우리 부부는 물통을 이고 지고 나르며 물을 주었다. 잡초를 뽑아 주고, 수시로 들여다보며 무럭무럭 자라기만을 기다렸다. 우리 기대와는 다르게 절반 이상이 죽었다. 새내기 농부 남편은, 겨우내 유튜브로 공부하며 봄이 오기만을 기다렸다. 올해 식목일을 시작으로 다시 오미자를 심기 시작했다. 어제는 두 고랑, 오늘은 세 고랑, 4월 내내 엉덩이 걸음을 옮겼다. 새 생명의 환희로 가득 찬 밭을 보며 미소를 지었다.

미자 씨는 하루가 다르게 연둣빛 새순으로 길고 긴 인사를 건네었다. 남편은 오미자가 줄기를 잘 타고 올라갈 수 있도록 망을 쳐주어야 한다고 했다. 한 달 내내 오미자를 심느라 고단한 남편과 나는 아이들에게 도움을 요청하기로 했다. '큰딸은 공연 연습으로 바빠서 안 될 것 같고, 큰아들은 기숙사 생활하니 안 되고, 막내는 아직 초등학생이어서 도와주기엔 너무 어리다. 그래, 중3인 작은 아들에게 이야기해 보자!'

장미 꽃망울이 고운 5월 어느 토요일 저녁, 샤워하고 나오는 아들에게 저녁 식사를 챙겨 주었다.

아들이 좋아하는 매콤한 닭발 볶음이다. 아들은 유튜브를 보며 따뜻한 밥 한 숟가락을 떠서 입으로 넣더니 닭발이 입술에 묻지 않도록 입을 크게 벌려 먹었다. 맛있게 먹는 모습을 보니 기분이 좋았다. 아이가 식사를 마칠 때까지 기다렸다가 물었다.

"내일 스케줄이 어떻게 돼?"

"친구들하고 축구할 거예요."

"오미자밭에 망을 쳐야 하는데 아들이 도와주었으면 해서….."
아들 눈치를 살폈다.

"곧 체육대회라 애들하고 연습하기로 했어요!"

선약이 있는데 불쑥 이야기를 했으니 어쩔 수 없다. 더 이상 말할 수가 없었다. 나도 일정이 있었기 때문에 남편 혼자 애쓸 생각에 안타까웠다.

다음 날, 내가 먼저 집을 나섰다. 정오 무렵, 성당에서 봉사하고 집으로 왔다. 남편과 셋째가 함께 밭에 갔다고 막내가 이야기해 주었다. '선약이 취소된 걸까? 아들이 마음을 바꾼 걸까?' 오후 세 시쯤 현관문 비밀번호 누르는 소리가 들렸다. 아들이었다. 봄빛에 얼굴은 익고, 콧잔등에는 땀방울이 송골송골 맺혔다.

"다녀왔습니다."

175cm의 키에 허리를 구부리며 인사하는 아들이 대견하고 고마웠다.

"고마워. 네가 함께 해줘서 아빠가 많이 든든하셨겠구나!"

"네! 밥 차려 주세요. 먹고 축구하러 가게요."

아들의 간결한 대답에서 뿌듯함과 애정을 느낄 수 있었다.

"그래, 김치찌개 차릴게."

아들은 누나와 형 그리고 막내 여동생 사이에서 말수가 적은 편이다. 표현은 서툴러도 자주 따뜻한 마음을 보이며 나를 감동시키곤 한다. 아들이 어릴 때, 길을 가다가 갑자기 멈추어 꼼짝도 하지 않은 채 서 있곤 했다. 나는 채근하지 않고 그 아이의 마음이 움직일 때까지 기다려 주었다. 이 아이는 마음이 움직여야 발걸음을 옮길 수 있는 아이라는 걸 그때 알았다. 표현이 서툰 아이를 재촉하지 않고 기다려 주었다. 그 기다림은 지금 사춘기를 지나고 있는 아들을 있는 그대로 수용할 수 있는 지혜를 내게 선물해 주었다.

저녁 시간, 밭일을 마치고 돌아온 남편은 아들이 도와주어서 수월하게 기둥을 박고 망을 칠 수 있었다며 큰 소리로 아들을 칭찬했다. 아들도 아빠의 칭찬이 좋은지 아빠 어깨를 주물렀다.

"해머 사용하는 게 여간 어려운 일이 아닌데, 아들이 꼭 붙잡고 보조 역할을 잘해주어 고마워."

남편이 환하게 웃는다. 방으로 들어가는 아들의 등이 더 환하게 웃는 듯하다.

성공의 시작은 함께하는 이의 선함을 발견하고 그것이 반짝반짝 빛날 수 있도록 기다려 주는 것이 아닐까? 신께서 선물로

허락하신 소중한 아이들이었지만 아이들을 키우며 나의 의지 밖의 상황에 놓이곤 했다. 그때 할 수 있었던 유일한 것은 두 손을 모으고 기도하며 기다리는 것이었다. 내 의지와 속도가 아닌 아이들의 의지와 속도에 '하나, 둘, 하나, 두울….' 발을 맞추면서 말이다.

오미자를 심고 살핀다. 탱글탱글한 붉은 열매를 보려면 적어도 이, 삼 년은 기다려야 한다. 오미자청을 담아 어서 마시고 싶은 마음이 굴뚝같아도 말이다. 껍질 속에 감추어진 씨앗이 고유한 본성대로 자랄 수 있도록 나는 농부처럼 거름 주고 살피며 기다림을 '주는 자'가 될 것이다.

11.

엄마

정재연

봄의 끝과 여름의 시작을 말해주는 6월의 신선한 아침 공기는 내 마음을 설레게 한다. 아이를 등교 시켜주고 나면 8시 30분. 친정엄마와 아침마다 걷는 이 시간이 너무 행복하다. 매일 보는 사이지만 할 이야기가 뭐가 그리 많은지 하소연, 칭찬, 격려 등 여러 감정이 교차하며 서로를 채워주는 시간이 감사하다.

"재연아. 엄마가 요즘 너랑 이렇게 운동하고 저녁에 너의 아버지랑 산책까지 하거든. 그랬더니 혈당 수치가 정상이 되었어."

"정말요? 우와! 너무 잘했어요. 엄마가 운동을 이렇게 열심히 하시니까 좋은 결과가 나온 것 같아요. 엄마 볼 때마다 건강이 늘 걱정되었는데 혈당 관리를 잘하고 계신다니 너무 좋아요. 엄마 정말 대단하세요."

"내가 진작 신경을 많이 썼어야 하는데 식단 조절이랑 운동을 게을리한 것 같아. 다행히도 네가 나랑 운동을 같이 해주니까 많은 도움이 되었어."

"아니에요. 저도 엄마랑 운동하니까 건강에 신경을 더 쓰게 되고 관리도 잘되는 것 같아요. 일석이조죠!"

남편과 자식들을 위해 한평생을 살아오신 엄마.

자신보다는 가족을 위해 많은 희생을 하신 엄마.

늘 나에게 잘할 수 있다고 나를 믿어주신 엄마.

나이 드시고 지병까지 얻게 되어 힘든 시간을 오랫동안 버티느라 얼마나 고생하셨는지, 옆에서 엄마의 시간들을 모두 지켜본 나로서는 마음이 더욱더 아프다. 그리고 이제는 내가 엄마의 든든한 버팀목이 되어 드리고 싶다.

성공의 시작은 사람들의 말, 행동을 진실한 마음과 눈으로 보고 받아들이는 것이라고 생각한다. 엄마의 말, 행동을 잘 살펴보고 감정과 생각을 표현하는 데 주저하시는 엄마가 마음 이야기를 편히 하실 수 있도록 도와드리고 싶다. 그래서 몸과 마음이 건강한 노후를 사실 수 있게 '주는 자'가 될 것이다. 엄마 사랑해요!

12.

부부

진은혜

살랑살랑 꽃 치마를 입었다. 고마운 신랑과 함께 에스컬레이터를 오르고 있었다. 표현을 잘 안 하지만 나에게는 진심인 그 사람과 함께 백화점 특유의 낯선 공기를 마시며 명품관으로 가고 있는 길이었다.

결혼 후 바로 임신을 한터라 경단녀가 되어버렸다. 하지만 나를 대신해 온 힘 다해 애쓴 신랑이 보내준 생활비를 차곡차곡 모았다. 그리고 소중한 이 돈으로 그에게 선물해 줄 수 있다는 사실에 설렜다. 알아보았던 제품들을 직접 만져보고 비교해 보며 직원들의 친절한 서비스까지 모든 것이 그를 위한 일이었다. 신랑이 주황색 쇼핑백을 들고 걸어 나오는 길에 나에게 얘기했다.

"진짜 부드럽고 좋다. 고마워 여보."

나는 미소를 지으며 말했다.

"생일 축하해. 주는 사람도 기분이 좋네. 잘 들고 다녀. 나도 고마워."

낯설었던 공기가 익숙해지고 그의 손을 꼭 잡고 기분 좋게 주차장으로 향했다.

그의 생일에 귀한 선물을 줄 수 있어서 뿌듯했다. 나에게 늘 주기만 했던 그였는데 결제하는 내 모습을 보며 고마워하는 그의 눈빛이 나의 마음에 오랫동안 머물러 있다. 받는 것에 익숙하지 않았던 그에게 받는 것을 당연하게만 여겼던 나를 되돌아보게 되었다.

나에게 인색했던 나도 이 사람의 사랑과 관심에 많은 안정을 찾았다. 삶을 당연하게 생각지 않고 그에게도 따뜻함을 주는 내가 되어야겠다는 다짐도 했다. 남편이 내가 선물해 준 가방을 들고 어디든지 다닐 모습을 상상하니 기분이 좋았다.

결혼이란 참 신기한 제도인 것 같다. 연애 때는 서운했을 일이 이해할 수 있는 기회의 관계를 만들어 준다. 서로의 부족한 부분을 비난하지 않고 채워주는 존재, 평생을 함께할 사람, 든든한 느낌, 참 좋았다.

성공의 시작은, 내가 소중한 만큼 상대방도 소중하다는 사실을 인정하고 바라봐 주는 것이라고 생각한다. 주기만 하는 것도, 받기만 하는 것도 아니라 존재의 빛을 서로 알아주는 것이 부부관계에서도 꼭 필요한 마음인 것 같다. 세상 풍파 속에서도 서로 의지하고 살아가는 부부가 될 수 있도록 '주는 자'가 되기 위해 노력할 것이다.

13

삶을 잘 살아내면 된다

이성화

푸릇푸릇한 녹색의 향연이 펼쳐지는 5월의 토요일이다. 라인 댄스하는 사람들이나 입을 법한, 반짝이가 붙은 빨간 윗옷에 검정치마 바지를 입으니 참 어색하다. 긴장한 탓인지 심장이 두근거렸다. 흥분과 설렘으로 집을 나섰다.

벌써 10년도 더 지난 일이다. 봉사활동을 시작하게 된 계기는 시에서 지원해 주는 웃음 공부 과정을 8회 정도 하고 나니 연습해 보고 싶었다. 그렇게 공부하면서 관심 있던 사람들이 모여 봉사활동을 하게 되었다. 그중에 요양원 원장님이 계셔서 직접 해보기로 한 날이다. 공부했던 내용을 토대로 한 명씩 나와 사회를 봤다.

"자, 따라 해보세요."

"하하하, 호호호, 히히히."

"우하하하! 하하!"

박장대소하며 서로를 쳐다보았다. 어르신들에게 마이크를 대주면 입을 꾹 다물고 계시다가도 소리 내어 웃어주신다. 옛날 노래가 나오면 따라 부르시며 흥얼거리셨다. 다들 즐거워하시는 모습에 마음이 흐뭇하다. 봉사활동이 끝나면 흥분과 여운이 잠들기 전까지 남아있다.

처음에는 그냥 사람들 앞에서 재롱떤다 생각하면서 내가 재미있어서 했다. 하기 싫은 날도 있고 시간과 에너지 들여 왜 하나 싶을 때도 있었다. 십 년의 세월이 흐른 지금, 어르신들의 모습에서 얼마나 많은 풍파를 거치고 이 자리에 앉아계시는지 조금은 알 것 같다. 그래서 이제는 내가 좋아서 마냥 재롱을 부리며 웃음을 주기보다는 당신들이 살아온 삶에 의미와 가치를 부여하고 마음에 위로를 드리고 싶다.

"그래, 여기까지 잘 왔다."

김창옥 교수님께서 하셨던 말이 생각난다.

"어르신들, 여기까지 참 잘 오셨습니다."

요양원 어르신들께 드리고 싶은 말씀이다. 산전수전 공중전까지 뛰어넘으신 어르신들의 뒷모습을 본다. 자신의 삶이 자식들과 이웃들에게 좋은 영향력으로 도움이 되었을 것이니 이제 안심하시고 평온히 노년을 보내시길 바라는 마음으로 서게 된다.

나 역시 내 삶을 통해 알게 된 소중한 인생의 가치를 말과 행동, 글을 통해 사람들에게 흘러가게 하고 싶다. 각자가 살아온 삶 속에 여러 가지 가치들을 자기만의 색깔로 다듬어 보여주고 나누어 주는 것, 참 귀한 일이다. 그냥 자기의 삶을 잘 살아내면 된다. 영향력은 그냥 흘러가기 마련이니까. 그래서 내가 생각하는 성공의 시작은 자신이 깨달은 가치를 다른 사람들에게 흘러가도록 살아내는 것이다. 각자의 삶, 각자의 가치, 각자의 나눔은 다 소중하니까.

14.

일단 해 보자

김경아

며칠 내내 종일 비가 내리고 있었다. 엄청나게 내리는 비에 계속 휴대폰으로 비의 양을 확인하던 2022년 8월의 어느 날이었다. 빗속을 뚫고 85km를 달려 도착한 가평에서 하룻밤을 자고 중, 고등학생들을 만나게 되었다. 교회 학교 중고등부 교사인 나는 일주일에 한 번 '공과 공부'라는 성경 공부로 중고등학생을 만난다. 학생부 담당 목사님께서 나에게 제의를 주셨다.

"선생님이 운영하고 계신 유치원의 학부모님들과 함께하실 '성격유형 검사를 통한 나를 찾아가는 여행' 프로그램을 우리 중고등부 학생들에게도 해 주시면 어떨까요?"

학생들과의 만남을 기대하며 강의 자료를 준비했다. 아이들의 내면의 모습도 알고 싶고, 살아가는 삶의 형태도 알고 싶다는 마음으로 강의를 진행했다. 그런데 평소와 다르게 웃음기 없는 아이들의 진지한 모습에 조금씩 경직되어 가는 나를 발견했다. 잘하고 있는 건가 스스로를 의심하며 총 5시간의 강의를 이어갔다.

"선생님! 공동체 안에서 서로를 알아가며, 나를 찾아가는 시간을 만들어 주셔서 감사합니다."
모든 강의를 마치고 아이들이 해 주었던 말을 떠올려 본다. 나에게 있는 지식을 나눌 수 있다는 것이, 나눔을 기억하며 응원하고 기도해 주는 방법을 알려 준 아이들의 존재가 너무 감사했다.
아이들과 선생님들을 더 깊이 알 수 있었던 시간, 평소와 다른 아이들의 모습을 인식할 수 있었던 시간, 어느 누구나 서로를 궁금해하며 소통하길 원한다는 당연한 사실을 알 수 있었던 소중한 시간이었다.

우리 모두에겐 '영향력'이 있다.
나에게 있는 영향력은 유아와 그의 주 양육자인 부모 또는 대리 양육자, 그리고 중고등학생과 그의 양육자, 그리고 교사들에게 교육을 통해 깨달음을 주는 것이다.

넓은 만남을 통해 하루의 삶이 버겁다 느끼는 날도 있었지만 한 뼘 더 성장해 가면서 생각지도 않았던 감격과 감동이 내 삶을 이끄는 것을 알 수 있다. 나눔을 통한 내 삶은 구석진 방안 책상에서 펜과 노트북으로만 고민하던 모습이 아닌, 주어진 활동과 나눔을 통해 끊임없이 이어지고 있다.

성공의 시작은 '일단 해 보자'라는 마음을 가지는 것이다. 이것저것 재지 말고, 고민하느라 시간 낭비하지 말고, 부딪치는 만남의 과정을 통해 더 성숙해진다는 걸 빨리 알아차리는 것이다.

앞으로도 일단 해 보자는 마음으로 만나는 사람들에게 자신의 가치와 함께하는 사람들의 가치가 얼마나 소중한지 깨닫게 해 주는 사람이 될 것이다. 주는 사람 김경아, 멋지다.

15.

진짜 선생님이 되어 가는가 보다

길경자

제법 날씨가 더워지는 6월이다. 삼삼오오 모여 재잘거리던 소리가 들리지 않는 걸 보니 모든 학생들이 하교를 했나보다.

오랜만에 다시 찾은 학교. 오후 3시, 드론 수업이 시작된다. 조금 일찍 도착해서 교실에서 창밖을 내다보는 나의 눈길이 운동장을 지나 교문으로 향한다. 초등학생으로 돌아간 듯한 기분이다.

인기척을 느끼지 못했는데 출입문 쪽에 자리를 잡고 앉아 있는 친구가 있었다. 파란색 니트 조끼에 하늘색 주름 스커트를 입은 여학생이 나를 바라보고 있었다.

보통 방과 후 수업은 아이들이 점심을 먹고 난 후여서 많이 나른해진다. 졸리고 쉬고 싶은 시간에 이루어지는 수업은 힘들 수밖에 없다. 빨리 집에 가고 싶었을 텐데, 드론 수업을 듣기 위해 제일 먼저 와서 선생님을 맞이해 주는 여학생이 너무 예쁘다.

'이 아이는 어떤 마음으로 드론 수업에 왔을까?' 궁금하기도 하고 기특하기도 해서 엄마 미소로 여학생에게 인사를 건넸다.

"안녕?"

"안녕하세요?"

수줍은 목소리였지만 별을 닮은 여학생의 눈빛이 나를 이끈다.

"제일 먼저 왔네? 와우, 멋지다!

얼굴에 미소가 번진다. 내가 해준 칭찬이 꽤나 마음에 드는 모양이다. 여학생들이 드론 수업에 참여하는 비율은 전체 20%도 되지 않는데 이번 수업에서 처음으로 나를 반겨준 아이가 여자 친구여서 더 흥미롭고 기대되었다.

'어떻게 하면 드론을 더 재미있게 소개시켜 줄 수 있을까?' 즐거운 부담감이 생기기도 했다.

우리 부부는 계속 맞벌이를 했다. 그래서 아이들을 집에 두고 일한 경험이 많다. 이 아이에게서 세 딸들의 얼굴이 겹쳐 보였다. 안아주고 싶은 마음이 들어 어깨를 살짝 다독였다.

"우리 친구, 너무 멋진걸? 제일 먼저 와서 기다리는 자세, 최고!"

"하하, 저 일 등으로 왔어요."

"그렇구나. 수업 시간이 엄청 기대돼."

"전에도 드론 날려 본 적 있어요. 그래서 왔어요."

"정말 잘 왔어. 우리 열심히 배워 보자!"

"네. 수업 빠지지 않고 계속 올 거예요."

드론 방과 후 활동은 보통 부모님이 신청을 해서 어쩔 수 없이 수업에 들어오는 친구들이 많다. 예전의 나처럼 맞벌이 때문에 아이들을 학원이나 방과 후 수업에 맡기는 것이 긴 시간 아이를 보호할 수 있는 최선인 부모도 있다. 아이들에게 행복한 추억이 될 수 있는 수업 시간을 만들어 주고 싶다. 나는 점점 더 진짜 선생님이 되어 가는가 보다.

아이들의 허전한 마음을 달래주고 하고 싶은 말에 귀를 빌려주는 드론 선생님이면 된다. 아이들의 시간을 충만하게 채워주고 싶다. 칭찬과 인정의 말로 아이들의 인생 페이지를 의미 있게 장식해 주고 싶다.

드론은 아이들을 참 많이 닮았다. 자신의 자리에서 높이 날아오른다. 꿈을 향해, 미래를 향해 날아오르는 우리 아이들처럼 말이다.

성공의 시작은, 자신에게 주어진 일에 적극적으로 임하는 태도라고 생각한다. 시작은 늘 중요하다. 그러므로 준비 자세는 마지막 성공의 미리 보기다. 이제 나는 아이들의 마음을 적극적으로 받아들일 준비가 되었다. 멋진 시작이다.

내가 만나는 모든 아이에게 드론 수업으로 칭찬과 격려를 풍성히 나누어주는 지지자가 되어 주고 싶다. 이 시간을 통해 자신의 재능을 표현해 보고 작은 성공을 맛보게 하고 싶다.

이렇게 난, 아이들에게 '주는 자'가 되고 싶다.

16.

글과 말

백이정

창문 너머로 보이는 5월의 나뭇잎이 설렘을 선물해 주는 어느 날이었다.

나는 열한 번째 개인 저서 마무리 작업을 하고 있었다. 사람들이 좋아하는 고흐의 명화와 빨강머리 앤 명대사를 연결하여 필사할 수 있는 문장을 만들고, 여러 가지 질문에 각자의 생각을 써 보는 교재 형태로 원고를 완성했다. 힐링과 함께 여러모로 활용도가 높은 책이 되었으면 하는 바람에 원고를 완성하고서도 구성을 어떻게 보완하면 좋을지 행복한 고민을 하는 시간들이 늘어갔다.

'그래! 작가님들께 도움을 구해 보자!'

나와 함께 글을 쓰고 계신 작가님들께 원고 일부를 보내 드리면서 아이디어를 편히 공유해 주십사 부탁을 드렸다. 작가님들께서 주신 멋진 생각들 중 한 가지를 나누고자 한다.

"백 작가님, 독자가 자신의 감정을 선택해 보는 활동이 들어갔으면 좋겠어요."

"작가님께서 추가로 보내주신 자료를 보니 감정을 나타내는 단어들이 참 많네요."

"네. 요즈음 사람들, 사는 게 너무 바쁘다 보니 자신의 감정이 어떤지 들여다볼 여유가 없는 것 같아요. 그래서 필사하고 질문에 답하면서 잊고 있었던 나의 감정을 살펴보는 것도 함께 하면 좋겠다는 생각이 들었어요."

"이야! 작가님! 진짜 작가님 다 되셨네요. 독자들 입장에서 무엇이 필요한지 파악하고 도움을 주고자 원고를 바라보는 시선, 너무 멋지세요!"

"백 작가님은 칭찬도 멋지게 해 주시네요. 최고입니다. 감사합니다."

나와 함께 개인 저서 두 권, 공저 두 권을 쓰셨고 지금도 개인 저서와 공저를 지속적으로 쓰고 계신 작가님과 싱싱한 대화를 나누었다.

글쓰기란 게 그렇더라. 처음엔 내가 살기 위해 마구 썼는데 양이 축적되면서 마음이 진화한다. 그리고 그 속에서 독자들을 사랑하는 마음이 탄생하게 된다. 내가 깨달았던 생각과 느낌을 그대로 체득하신 작가님을 뵈면서 책 쓰기 코치라는 내 업에 더 감사할 수 있었다.

성공의 시작은, 사람들을 귀히 여기는 마음으로 상대방을 인정하고 존중하는 말을 표현하는 것이라고 생각한다.

나는 나와 함께해 주시는 작가님들께서 그들이 이미 가지고 있는 내면의 보석을 조금 더 빨리 발견할 수 있도록, 반짝반짝 빛나는 인정과 칭찬의 말을 계속 선물해 드리고 싶다. 나의 글과 말로 사람들의 영혼을 살리고, 작가님들 또한 글쓰기가 하나의 사명이 될 수 있도록 마음에 날개를 달아드리는 '주는 자'가 될 것이다.

Chapter 3.

드러나다

: 내면의 소리를 따를 때가 되었다

드러나다   1. 가려 있거나 보이지 않던 것이 보이게 되다.
                2. 알려지지 않은 사실이 널리 밝혀지다.
                3. 겉에 나타나 있거나 눈에 띄다.

내 영혼을 들여다보기 위해서는
정직과 용기가 필요합니다.
어리고 못난 나를 용서해 주어야 하죠.
이렇게 내 영혼을 알아줄 때
편안하고 충만한 상태,
즉 '평화'가 스며들기 시작합니다.

여러분은 어떠세요?
내 영혼 속에서만 찾을 수 있는
평화를 누리고 싶으신가요?
지금 여러분의 영혼은 뭐라고 말하고 있나요?

나를 찾아 떠나는 여행

김민주

불행에 굴복하지 마라.
그보다도 더 대담하고, 적극적이며, 과감하게 불행에 도전하라.

· 베르길리우스 ·

제 글을 사랑해 줄 여러분이 어떤 분들이실지 궁금해서 너무 설레고 흥분돼요.

안녕하세요?

살아 있음에 감사하고, 배우고 나누는 것을 좋아하는 김민주입니다.

오늘 저에게 찾아온 문장을 온몸으로 만났습니다. 불행에 도전한다는 것은 생각보다 훨씬 두렵고 힘들다는 것을 저는 알아요. 그럼에도 불구하고 불행과 맞서 싸우는 이유는 나를 찾기 위함이 아닐까요? 나를 찾아 떠나는 여행에서 만난 기억들을 떠올려 보려고 해요.

2012년 땀이 비 오듯 흐르는 여름이었어요. 변호사 사무실을 나서는데 내가 너무 초라해서 죽고 싶었던 기억이 나요.

"아버지, 죄송합니다. 잘 사는 모습 보여 드리고 싶었는데……." 눈물과 땀이 범벅이 되어 더 이상 말을 잇지 못했어요.

"니가 죄송할 일 아니다. 울지 마라. 이제부터는 독하게 살아야지." 평소 말씀이 없던 아버지의 말씀에 정신이 번쩍 들었어요.

'그래. 내가 선택한 길이니까 아들과 행복하게 살 거야. 정말 행복하게 살 거야.' 나에게 최면을 걸면서 이혼소송이 얼른 끝나길 기도했습니다. 살면서 이렇게 힘들고 불행한 적이 있었을까 하는 마음에 모든 걸 놓고 싶었어요. 그렇지만 내가 평생 책임져야 할 아들이 있어서 살아야 했습니다.

그렇게 저는 어느새 11년 차 싱글맘으로 세상과 마주하며 살아가고 있습니다.

'남의 시선, 별거 아니네.'

'내 편이 되어준 가족들 덕분에 지금의 내가 있는 거야.'

감사함이 몰려오기도 했어요. '이혼녀'라는 말이 부끄러워서 행복한 척 가면을 쓰고 살았더라면, 아들이 지금처럼 밝고 건강하게 자랄 수 있었을까? 나는 지금, 이 세상에 있을까? 하는 생각이 드니까 현명했던 내 선택에 박수를 보내고 싶어요.

'싱글맘이 무슨 자랑이야? 남들은 너보고 욕해. 부끄럽게 생각하고 조용히 살아.' 한 번씩 마음 깊은 곳에서 나에게 정신 차리라고 말을 걸어오네요.

'너 이혼해 봤어? 안 해 봤으면 아무 말도 하지 마. 내가 얼마나 잘 살아낼지 지켜보라고. 때로는 무모한 도전과 오기가 나를 지켜 줄 거니까 나는 괜찮아.' 스스로 위로하고 다짐하는 내가 멋지게도 보이네요.

중학교 2학년인 사춘기 절정의 아들과 게임 이야기를 할 수 있는 친구 같은 엄마로,

아들이 하고 싶은 일을 할 수 있도록 응원하는 엄마로,

싱글맘도 얼마든지 행복할 수 있고, 살 만한 세상이라는 걸 보여 줄게요.

여러분께 질문드려 봅니다.

불행에 도전하여 행복을 쟁취했던 순간이 있으신지요?

2.

잘 살아왔네요

서혜주

자신의 경험은 아무리 작은 것이라도
백만 명이 한 타인의 경험보다 가치 있는 재산이다.

· 고트홀트 레싱 ·

안녕하세요?

날마다 만나는 삶의 신비를 귀하게 그리고 온전히 느끼고 싶은 작가, 서혜주입니다.

경험이 인간을 만든다고 하지요? 그런데 그에는 개인차가 있고 한 사람 안에서도 똑같은 것이 없다는 사실이 특이해요. 중요한 것은 반응과 해석일 테고요.

"그래도 내가 엄마한테 이런 소리 다 할 수 있도록 엄마가 나 잘 키운 거 아냐?"

24살 아들의 말이랍니다. 올해 초 집 안에서였어요. 기억을 되살리자니 저와 아들은 선 채로 언쟁 중이었어요. 감정이 격앙되어 서로 씩씩거리고 있었지요. 전후 사정 기억은 거의 나지 않아요. 분명한 건 아들의 저 말에서 엄마인 저의 기억이 멈췄단 사실.

말을 듣는 순간 망치로 머리를 맞은 듯 멍해졌어요. 엄마 눈치 보느라 할 말을 못 한 것도 아니요, 되는 대로 막말을 한 것도 아니었지요. 둘이 지나온 시간과 관계가 함축된 정의로 녹아 있는 듯했어요.

작년 전역 전, 마지막 휴가를 나왔을 때 일이에요. 친구들 3명과 여동생 2명, 총 6명이 거실을 그득 채우고 여름 평일 밤을 꼴딱 새며 놀았었지요. 그날 아들은 동반 입대한 친구에게 이렇게 말했다지요?

"내 동생들, 잘 크지 않았냐?" 오빠로서 동생들을 바라보는 따뜻하고 든든한 시선이 전해졌어요. 저는 마음이 복잡 미묘했더랍니다. 네 식구가 따로 또 같이 똘똘 뭉쳐 사춘기와 갱년기의 시간들을 잘 살아왔네요.

다름으로 인한 부딪힘은 늘 있습니다. 그것이, 걸림돌이기만 하지 않고 관계 개선을 위한 디딤돌이 되면 더없이 좋겠지요. 부딪힘을 두려워 말고, 상대에 대한 사랑이 대전제라는 점을 언제나 기억하자는 깨달음을 얻었답니다.

여러분께 질문해 봅니다.
최근에 영혼이 흔들릴 만큼 잊을 수 없는 큰 경험을 한 적이 있나요?

두부 선생님의 경청

홍석부

상대방의 말을 들을 때는,
그들의 말과 그들이 말하는 방식을 경청해라.

· 라인하트 톨 ·

여러분, 안녕하세요. 실천하고 행하는 남자, 실행남 홍석부입니다.

제 이야기를 잘 잊어버리는 친구가 한 명 있어요. 가끔은 제가 존중받지 못한다는 기분이 들지요. 그래도 어쩌겠어요. 세상 사람 모두가 세심하진 않으니까요. 누구나 바쁘게 살아가기에 다른 이의 이야기를 마음 써서 들어주고 기억해 주는 것, 결코 쉽지 않은 일인 것 같아요. 제 이야기를 들려드릴게요.

"우와! 두부 선생님이다. 두부 선생님!"

유치원 체육 교사인 제 닉네임은 '두부'예요. 대표는 이상하다고 연예인 이름으로 하라고 해요. 저는 순수함을 상징하는 두부가 좋아요. 아이들이 부르기에도 친숙하잖아요. 수업 시간, 친구들이 강당에 들어와요. 이제 말문이 트인 다섯 살 친구들, 어찌나 말이 많은지 아시나요. 체육 하러 오는 건지 저와 이야기하고 싶어 오는 건지 헷갈릴 정도니까요.

"어제 엄마랑 마트에 갔는데 엄마가 뽀로로 젤리 사줬어."

"나는 넘어져서 여기 다쳤어."

"나는 키즈카페 놀러 가서 레고 만들었어."

"나는 할머니, 할아버지랑 계곡 놀러 갔어."

열 명이 넘는 아이들이 동시에 말하면 한 명 이야기도 제대로 알아듣기 힘들어요. 하지만 저는 경청하려 해요. 어머니가 제게 하셨던 것처럼 저와 함께하는 아이들도 자신이 존중받고 있다고 느꼈으면 좋겠어요. 여러 명을 동시에 보며 고개를 끄덕여요. 단어만 가지고, 추론해야 할 때도 많아요. 그래도 다행이에요. 아이들이 주말에 경험한 것은 다 비슷하거든요.

신입 교사 시절, 모두 챙겨주고 싶은 욕심만 컸어요. 그러다 보니 한 명의 이야기도 제대로 듣지 못했죠. 하고 싶은 말이 있어도 하지 못했던 내성적인 친구에게는 특히 더 미안해요. '시간이 답이다.'라는 말이 있죠. 교사 3년 차가 된 지금은 여유가 생겼어요. 목소리가 큰 친구들의 말에는 반복되는 단어로 호응을 해줘요.

"뽀로로 젤리 맛있었겠다."

"넘어졌구나. 괜찮아?"

조용한 친구에게는 가까이 다가가요. 목소리가 작기 때문에 입 모양을 잘 봐야 해요. 이야기를 끝내면 그 아이는 세상 환하게 웃어요.

많은 이에게 사랑받을 수 있는 확실한 방법을 아시나요? 이제 우리 '리스너'가 되어 보는 것은 어떨까요. 질문과 함께 마무리하려 해요. 여러분은 '경청'이 무엇이라고 생각하나요?

성공은 믿음으로 성장한다

송지은

> 서로 믿고, 서로 도움으로써 위대한 업적이 이루어지고,
> 위대한 발견도 생겨난다.
>
> • 호메로스 •

안녕하세요. 기쁨작가 송지은입니다. 언제부턴가 제 이름이 적힌 책 한 권 내고 싶다는 꿈을 가지게 되었어요. 그런데 그거 아세요? 이미 우리 모두 '작가'라는 것을요. 실제 책을 내기 5개월 전부터 '기쁨작가'라는 호칭을 사용하였습니다. 그랬더니 책을 출간하느냐 마느냐는 더 이상 중요하지 않았어요. 제가 이름 붙인 대로 삶 속에서 '기쁨'을 만들어 내는 것이 더 중요했습니다. '작가'라는 타이틀, 거창한 것 같고 때로는 부담스러울 수도

있어요. 하지만 그 호칭은 제가 꿈꾸고 원하는 인생을 살아갈 수 있는 용기와 스스로 책임지는 삶을 선물해 주었습니다.

오늘 저에게 온 문장을 읽으니 두 모임이 생각났어요. 2년 가까이 매일 새벽 함께 낭독하는 모임과 매월 함께 글 쓰는 모임입니다. 책을 읽고 자기 생각과 감정을 나누는 일, 어떤 주제로 글을 쓰며 자신을 드러내는 일은 상대를 믿지 않으면 쉽지 않은 일 같아요. 내 생각과 감정이 들킬까 봐, 이런 나를 사람들이 이상하게 여기지 않을까, 자기 생각을 조리 있게 표현하지 못할까 봐 두려워하는 마음 대신 있는 그대로 자신을 드러내는 일. 그것은 서로에게 편안함과 믿음이 있을 때 가능합니다.

"제가 앞으로 뭘 하면 좋을까요?"
"누가 뭐래도 선생님 안에 답이 있어요!"
맞아요. 제가 뭘 해야 하는지 앞서가고 있는 사람들에게 묻고 답을 들어도 동의하지 않으면 실천하지 않았습니다. 아니, 시도하는 척했지만, 거부감을 가지고 했어요.
'도대체 내가 원하는 것은 뭘까? 내가 좋아하는 것은 뭘까?'
불혹을 앞둔 나이, 성공의 법칙들을 읽고 들으며 불안하고 흔들렸어요. 그래서 '내 안에 답이 있다'라는 말에 '나'에 관해 공부해 보기로 했답니다. 나는 왜 이런 생각과 감정들을 느끼는지 저를 들여다보기로 했습니다. 2021년 가을이었어요. 새벽 5시, 작은 방 한쪽 17인치 모니터 앞에서 낭독을 시작했어요.

1년 8개월이 지난 지금, 함께 낭독하고 글을 쓰는 분들과 세 권의 전자책을 출간했습니다. ISBN(국제 표준 도서 번호)을 발급받아 유통되고 있어요. 하지만 눈에 보이는 '책'보다 더 중요한 것은 저처럼 불안했고, 수시로 감정이 휘몰아쳤던 사람들이 지금은 아주 행복해졌다는 거예요. 매 순간 기쁘기만 한 것은 아니에요. 적어도 분노, 슬픔의 감정이 다가와도 자기 모습을 바라볼 용기가 생긴 거죠. 이 마음이 어디서 왔는지 관찰하면서 모든 상황과 감정을 예전보다 더 담담하게 받아들이고 평온을 빨리 되찾게 되었어요. 눈만 뜨면 바뀌는 세상에서 기쁨과 평온함을 되찾는 힘을 가지는 것. 이보다 더 큰 선물이 또 있을까요?

불안해서 마음 편히 쉬지 못했던 제가 일상의 평온함과 기쁨을 누리기 시작하면서 이런 생각이 들었어요.

'위대한 업적은 나를 정확히 아는 것에서 시작한다. 자기 자신을 명확히 알아야 자신을 사랑할 수 있고, 내가 나를 사랑해

야 나를 사랑하듯 남을 사랑하고 도움을 줄 수 있다.'

'나'에 대한 답이 책에 있지 않아요. 책은 그저 자기 모습을 발견하게 도와주는 도구일 뿐입니다. 책만 읽지 말고 거기서 빠져나와 '나'를 들여다봐요. 혼자만의 고요한 시간도 가지고, 사람들 속에서 '나'는 무엇을 좋아하고 싫어하는지, 무엇을 잘하고 잘 못하는지, 어떤 신념들이 나를 괴롭히거나 즐겁게 해주는지 자신을 살펴보는 시간을 만들어 봐요. 자신도 몰랐던 '나'를 발견하며 자신을 이해하게 되는 순간들이 많아집니다. '나'를 알아가는 것이 '위대한 발견'이었어요. 그 과정을 함께 하고 서로 도움을 주고받으며 성장 중인 분들께 참 감사합니다.

여러분은 서로 믿고 서로 도움으로써 좋은 결과를 만들어냈던 적이 언제인가요?

그 결과가 마침표를 찍는 완성이 아니어도 좋아요. 현재 진행 중이더라도 분명 행복한 과정이라고 생각합니다. 그것이 무엇이든 여러분이 원하고, 여러분을 위한 삶을 만들어가는 '작가'로서의 삶을 응원합니다.

5.

당신의 선택

정재연

무엇을 한 후에 후회하는 편이,
하지 않고 후회하는 것보다 훨씬 낫다.

· 조반니 보카치오 ·

　보이지 않는 여러분을 생각하며 글을 쓰니 저의 마음이 설레고 떨립니다. 저는 책 읽기와 바다를 좋아하는 정재연입니다.

　오늘 제가 여러분께 질문드려 보고 싶고 생각을 나눠 보고 싶은 이야기는 인간은 왜 해야 할지, 하지 말아야 할지 선택의 귀로에 서 있는 걸까요? 여러분은 무엇을 한 후에 후회하는 편이 나은지, 하지 않고 후회하는 것이 나은지 생각해 보셨나요? 이 질문이 저에게는 매일매일 해나가야 할 인생의 숙제처럼 느

꺼지기도 합니다. 제 생각엔, 저를 좀 더 발전시킬 수 있는 방법은 무엇을 한 후에 후회하는 것이 아닐까 싶어요.

저는 대학을 졸업하고 비행기 표와 100만 원만 들고 워킹홀리데이 비자로 호주에 갔습니다. 처음 한 달은 아는 언니 집에서 홈스테이하면서 아르바이트를 구했습니다. 하지만 용돈은 점점 줄어들고, 일자리는 못 구하고 마음이 무척 초조해졌습니다. 이런 저를 본 언니는 "재연아! 현지인들이 광고하는 신문지 말고, 한인들이 운영하는 가게에서 구인 광고를 많이 내는 신문지 있으니까 이걸 봐봐!"라며 신문지를 건네주었어요. 무모하게 현지인들 가게를 찾아가 인터뷰하고 결과를 기다렸는데, 저의 짧은 영어 실력 때문에 매번 실패의 쓰디쓴 결과를 받아들여야 했습니다.

하지만 언니의 조언대로 한국인들이 운영하는 가게 인터뷰를 보고 드디어 스시 가게에서 일하게 되었습니다. 손님들이 현지인들이어서 서빙하며 영어도 많이 늘게 되었어요. 단골손님과 친구 사이가 되면서 같이 교회도 다니고 영어 실력은 일취월장했습니다.

어느 정도 돈을 다시 모았을 때 좀 더 많은 외국인 친구와 사귀고 싶어서 하우스 셰어를 하는 곳으로 이사를 했어요. 거기서 브라질, 체코, 중국에서 온 친구들과 같이 살았습니다. 여러 나라들의 독특한 문화도 배울 수 있었고, 또래 친구들이어서 빨리 친해질 수 있었습니다.

호주라는 곳은 자연환경이 뛰어나고 느림의 미학이 넘치는 매력적인 곳이었어요. 학교에 다니며 영주권을 따고 싶어졌습니다. 그래서 IELTS(아이엘츠)라는 영어시험을 준비하려고 어학원에 한 달 등록해서 공부했습니다. 교회 친구들이 시험 잘 보라고 맛난 밥도 사주고 응원해 주었어요. 덕분에 대학교에 입학할 수 있는 점수를 획득했습니다. 1년이라는 시간이 지나가고 한국으로 다시 돌아와 부모님과 상의해야 하는 시간이 되었습니다. 부모님께서는 말씀하셨어요.

"재연아, 나는 너랑 멀리 떨어져서 살고 싶지 않구나. 그리고 네가 그렇게 고생하면서 사는 모습 보고 싶지가 않아." 저는 많은 고민의 시간을 가진 후 결국 돌아가지 않고 한국에서 직장을 찾기로 결정했습니다. 비록 호주에서 제2의 인생 시작은 실현되지 않았지만 대학 졸업 후 호주에서 생활했던 1년의 시간은 그 무엇과도 바꿀 수 없는 제 인생의 소중한 자산이 되었습니다.

호주에서 생활하며 아쉬웠던 점도 있었지만 제가 결정했던 일에 대한 후회는 많지 않았습니다. 오히려 척박한 환경에서 어려움을 헤쳐 나갈 수 있는 자세를 배웠습니다.

저의 내면에서 소리가 들리는 것 같습니다. 앞으로, 하고 후회할 거니? 아니면, 하지 말고 후회할 거니?' 선택의 귀로에 섰을 때 후회할지언정 과감하게 해 보는 것을 선택했습니다. 여러분께도 질문드려 봅니다.

하지 않고 후회하는 것이 낫다고 생각하시나요, 하고 난 후에 후회하는 게 낫다고 생각하시나요?

6.

영혼의 평화

김미경

"알겠지만, 평화는 일이나 쾌락, 이 세상이나 수녀원이 아닌
자신의 영혼 속에서만 찾을 수 있답니다."

• 인생의 베일. 서머싯 몸 •

안녕하세요. 오늘 하루 어떠셨나요? 저는 글쓰기의 재미를
알아가고 있는 김미경입니다. '평화', 참 거대한 말이죠. 우리가
일상적으로 사용하는 말이지만 막상 설명하기 힘든 말입니다.
그런데 이 글귀를 곱씹어 보니 내 영혼을 들여다보며 찾은 평화
의 순간이 떠오르네요.

40대에 접어들며 이유를 알 수 없는 막막함과 답답함을 느꼈

습니다. 열심히 살았지만, 특별한 것이 없는 삶에 우울감이 밀려왔습니다. 지금까지 살던 대로 살고 싶지 않았고, 못 해본 것을 해보고 싶어졌습니다.

그중에 한 가지가 글쓰기였습니다. 가슴 속에 쌓인 것을 털어내고 싶은 참을 수 없는 욕구로 무턱대고 시작했습니다.

처음에는 '미경아' 하고 내 이름을 부르고 '사랑해'를 쓰는 것이 어색해서 세포가 오그라들었습니다. '이게 도대체 무슨 짓이지?', '꼭 이렇게 해야 해?', '왜 이렇게까지 해야 하는데?' 등 거부감이 심했습니다. 그러나 한번 시작하니 조금씩 쉬워지기 시작했습니다. 한 번도 입 밖에 내 본 적 없는 '힘들다'는 말도 소리 내서 말할 수 있게 되었습니다.

내 영혼을 들여다보기 위해서는 정직과 용기가 필요합니다. 어리고 못난 나를 용서해 주어야 하죠. 이렇게 내 영혼을 알아줄 때 편안하고 충만한 상태, 즉 '평화'가 스며들기 시작합니다.

여러분은 어떠세요?
내 영혼 속에서만 찾을 수 있는 평화를 누리고 싶으신가요?
지금 여러분의 영혼은 뭐라고 말하고 있나요?

7.

나 자신이 되기 위해

김민경

한 사람 한 사람의 삶은 자기 자신에게로 이르는 길이다.
길의 추구, 오솔길의 암시다. 일찍이 그 어떤 사람도 완전히
자기 자신이 되어 본 적은 없었다.
그럼에도 누구나 자기 자신이 되려고 노력한다.

· 데미안, 헤르만 헤세 ·

독자 여러분, 안녕하세요? 이렇게 글로 인사를 드리게 되어
반가워요. 저는 배우는 것을 좋아하는 김민경이라고 해요.

오늘 저에게 온 문장을 몇 번이고 되뇌었어요. 자기 자신으
로 산다는 것은 무엇일까요? 늘 그런 고민을 하면서 살아왔어
요. '삶을 통해 자기 자신에게로 나아간다'는 표현, 정말 맞는
말이네요. 삶의 여러 가지 일들을 겪으며 나를 알아가는 여정이

166

인생이지 않을까요? 그래서 저 역시 나 자신이 되기 위해 노력했던 때를 생각해 보려고 해요.

20대 후반까지는 내가 어떤 사람인지 잘 몰랐어요. 관계의 어려움이 많았고, 다른 사람들이 나를 판단하는 것처럼 나도 나 자신을 그렇게 바라봤어요. 30대가 되어서 MBTI를 공부하게 되었어요. '나는 도대체 왜 이런 것일까?'라고 생각했던 부분들이 저의 성향으로 인한 것임을 알게 되었어요. 전보다 저에 대해 편안한 시각으로 바라보게 되었어요. 저는 지금도 저 자신이 어떤 사람인지, 어떻게 하면 나답게 살아가는지에 대한 고민들을 해가고 있어요. 그래서 평생 이 문제를 생각하며 살아가게 될 것 같아요.

내면에서 이런 소리가 들리는 듯해요.

'과연 이 세상에 온전히 자기 자신으로 살아간다고 말할 수 있는 사람이 얼마나 있을까? 그러니 너의 고민과 어려움들이 너만의 문제가 아니라, 인간이라면 누구나 생각하게 되는 부분임을 기억하렴. 삶의 여정을 지나갈 때마다 더욱더 너답게 살아가고 있는 모습을 발견하게 될 거야.'

이제, 독자 여러분에게 질문을 드려 봅니다.

자기 자신이 되려고 노력한 적이 있다면 언제였나요?

8.

덕분입니다

진은혜

인내하지 못하는 자는 얼마나 불행한가?
천천히 아물지 않는 상처가 어디 있단 말인가?

· 윌리엄 셰익스피어 ·

이런 자리에 나의 마음을 표현하다니 꿈만 같네요. 안녕하세요? 생각하는 걸 좋아하는 진은혜라고 합니다.

저에게 온 위의 문장이 참 운명 같았어요. 지금 제가 생각하고 있는 것이었거든요. 예전에는 난 보호 받지 못하고 외롭다 여겼는데 요즈음엔 '난 세상의 보호 아래 살고 있었구나.'라고 깨달아 가고 있어요. 다른 사람의 여문 상처들이 나를 덮어주고 있었다는 것을요. 나의 인내와 다른 사람의 인내가 함께 해야 삶의 조화로움이 이뤄진다는 것을 생각해 보게 되더라고요. 그래서 오늘, 인내에 대한 글을 써 보려 합니다.

2015년 12월 겨울, 저는 엄마가 되었습니다. 모성애가 바로 나오진 않았어요. 확실한 건, 나의 사람이 생겼다는 것이었어요. 아이의 눈빛이 흔들렸지만, 그때 저는 그게 무엇인지 몰랐어요. 태어난 지 100일이 지나면서 아이의 눈이 조금씩 안쪽으로 몰렸어요. 결국 아이는 내사시 진단을 받아버렸습니다. 젊었을 때처럼 피할 수 없고 모른 척 눈 감을 수도 없는 상황이었죠. 그때의 저는 아이에게 전부인 존재, 바로 '엄마'였기 때문입니다.

사랑스럽다는 말의 뜻을 잘 몰랐지만 내 아이가 너무나도 소중하다는 건 확실했어요. 풍파 같은 현실을 모두 직면해야 하는 상황들이 생겼어요. 아이를 생각해 준다며 한마디씩 하는 사람들의 말들을 방어하려 애써 괜찮은 척하는 인내의 생활이 우리 가족에게 시작되었습니다. 저는 사실 괜찮지 않았어요. 많이 아팠답니다. 하지만 티를 낼 수는 없었어요. 제 아이를 지켜야 했습니다. 결국 사시 수술을 했어요. 아이의 수술 후 처음으로 올바른 눈을 보았을 때 들었던 안도감은 태어나서 처음 느낀 감정이었어요.

우연한 기회에 시지각 훈련에 대해 알게 되었습니다. 왼쪽 시력이 오른쪽 시력보다 약해서 자연스럽게 한쪽으로만 보는 '약시' 상태, 그래서 시지각 치료를 꽤 오랜 시간 동안 진행하게 되었어요. 치료하면서 저도 아이의 상황을 이해하기 위해 검사를 해 보았습니다. 저는 심한 약시 상태였습니다. 오른쪽 눈으로만 보고 오른쪽 눈에 힘을 주고 살아가니 남들보다 더 피곤을 느꼈어요. 지구력이 낮고 집중력이 짧아 버거운 생활을 할 수밖에 없었던 거예요. 그럼에도 불구하고 아이를 위해 몇 년 동안 주마다 왕복 50km를 운전해서 다녔어요. 엄마라서 가능했답니다. 시간이 지나 지금은 힘이 조금 들었다고 표현할 수 있을 정도로 단단해졌어요. 아이 역시 많이 좋아졌고요.

아이와 함께하지 못했다면 모든 상황을 탓하고 원망했을 겁니다. 이제는 '덕분입니다'라고 말할 수 있어요. 피할 수 없는 인내가 필요했던 '엄마'라는 위치에서 나의 소중한 아이를 존재 자체로 사랑하고 축복해 봅니다.

"타인의 아픔을 쉽게 생각하며 이러쿵저러쿵하지 말자."라는 말을 실제로 깨달을 수 있었던 시간이기도 했고요. 아이 덕분에 우리 가족의 마음은 더 아름답게 하나가 될 수 있었습니다. 오늘의 나 역시, 제 인생을 스쳐 지나갔던, 그리고 저의 부모님의 인내 덕분에 존재할 수 있었겠죠?

여러분께 물음표를 던져 봅니다.

피할 수 없는 인내의 시간 덕분에 얻게 된 것은 무엇인가요?

9

결국 나를 위한 것

송수진

나는 베풀어주고 나누어주려 한다.
인간들 가운데서 현명한 자들이 다시 그들의 어리석음을 기뻐하고,
가난한 자들이 다시 그들의 넉넉함을 기뻐할 때까지.

· 차라투스트라는 이렇게 말했다. 프리드리히 니체 ·

안녕하세요? 저는 매일 감사를 실천하고 있는 송수진이라고 합니다. 이렇게 글로 여러분들에게 인사를 드리니 느낌이 새롭네요. 오늘 제가 받은 질문을 여러 번 곱씹으며 읽어 보았습니다. 그리고 지금까지 살면서 내가 진정한 나눔을 한 적이 있었나 생각을 해 봤어요. 그 질문에 답을 하려면 진정한 나눔의 의미를 먼저 이해해야 했어요.

진정한 나눔이란 무엇일까요? 베풀고 나누는 것은 일상에서 늘 실천해 왔지만, 그것이 과연 진정한 나눔이었나 나에게 질문을 해 봤어요. 답을 찾을 수가 없었어요. 그래서 나눔을 실천한 사람들을 찾아보기도 하고, 제가 저의 SNS에 올렸던 나눔의 일상들도 다시 찾아봤어요.

그러다 문득, 예전에 생활의 지침으로 삼고 매일 아침 읽었던 '보왕삼매론'이 생각났어요. '친구를 사귀되 내가 이롭기를 바라지 말라. 내가 이로워지고자 하면 의미를 상하게 되나니 순결로써 사귐을 길게 하라'는 구절이었죠. 그 순간 떠오른 기억이 하나 있었어요.

2015년 무렵이었어요. 낯선 땅에서 자라는 우리 아이들을 함께 키우기 위해 여덟 가구의 이웃들과 명절이면 우리 집에 모여 떡국도 끓여 먹고 세배도 하며 아이들에게 한국의 문화를 잊지 않게 해 주려고 애썼어요. 연말이면 한 해를 축하하고 마무리하는 파티도 했고요. 아버지의 날에는 집을 열어 왁자지껄하게 웃고 떠들며 가족같이 지냈어요.

몸은 힘들어도 베풀고 나누며 살자는 마음으로 즐겁게 했던 것 같아요. 몇 년의 시간이 흘렀어요. 그러다 나의 마음을 불편하게 하는 사람이 생기기 시작했어요. 그리고 결정적으로 크리스마스 파티를 계기로 결국 그 모임을 접게 되었어요. 여러 가지 이유가 있었겠지만 지금 생각해 보면 제 마음 한편에 '우리가 이만큼 베푸는 데 저 사람은 조금도 자기 것을 나누려 하지 않는구나.'라는 원망이 있었던 것 같아요. 그 작은 생각의 씨앗 하나가 싹을 틔우고 뿌리를 내려 결국 모임을 이어가지 못하게 되었던 것 같아요. 개인적으로는 그 모임의 몇몇 이웃들과 여전히 잘 지내고 있지만 내가 그때 그 마음을 내려놓았다면 지금쯤 어떻게 되었을까 가끔 생각해 보게 돼요.

나눔이 진정한 것이 되려면 대가를 바라지 않는 마음이 필요하다는 것을 그 경험을 통해 깨달았어요. 그리고 그것을 실천하는 건 쉽지 않다는 것을 뼈저리게 느꼈죠. 아무리 가진 것이 많아도 그것이 충분하다고 느끼지 못하는 사람은 나눌 수 없어요. 반대로 가진 것이 없는 사람일지라도 자신이 가지고 있는 것에 충분히 감사하고, 남을 위하는 마음을 실천할 줄 아는 사람은 그것을 기꺼이 베풀고 나눌 수 있다고 생각해요.

이번에 제게 주어진 질문을 통해 그동안 제가 실천해 온 베품과 나눔을 다시 한번 뒤돌아보고 정리하는 기회를 가질 수 있어서 감사해요. 그리고 제 마음속에서 어렴풋이 들려오는 소리에 귀 기울이게 돼요.

'내가 가진 것에 감사하자. 감사하면 내가 가진 것이 아무리 부족하다 해도 베풀고 나눌 수 있다. 바라는 마음 없이 베풀고 나누자! 그것은 결국 나를 위한 것이다. 그러므로 나는 앞으로 영원히 베풀고 나누는 사람으로 살 것이다!'

여러분께 질문드려 봅니다.

순수한 마음으로 대가를 바라지 않고 내가 가진 것에 감사하며 나눔을 했던 때가 있었나요?

10.

토닥임의 소리가 들렸어요

안영선

누구나 실수를 저지르지만,
훌륭한 사람만이 잘못을 인정하고 고친다.

· <안티고네> 中 ·

여러분, 안녕하세요?

작은 것들을 사랑하며 읽고 쓰는 삶을 꾸준히 지향하는 안영선이에요. 간결한 글 속에 감추어진 의미를 깨닫고자 건네받은 문장을 천천히 소리 내어 반복해서 읽었어요. 세 번쯤 읽으니 '실수' 그리고 '인정'이 눈에 들어오네요. 미처 주의하지 않아서 발생한 상황들이 한두 번씩은 있지요. 말이나 행동이 예의에서 벗어나 실례가 되었던 경우도요. 그럼에도 불구하고 이런 자신을 바로 세울 수 있는 것은 빠른 '인정'의 태도가 아닐까 합니다. 무언가를 좀 더 잘해 보고자 애쓰는 과정에서 우리는 실수를 하게 되더라고요. 아이들을 키울 때 있었던 일이 떠오르네요.

결혼 20년을 기념하고자 남편과 저는 1박 2일 동해안 여행을 하고 있었어요. 해안 도로를 따라 드라이브하다 어느 산사에 들러 이야기를 나누며 산책하고 있었죠. 지금까지 잘 살아온 서로의 삶에 고마워하며 다정히 손을 잡으려는데 훼방꾼이 끼어들었답니다. 잡으려던 손을 잠시 뒤로 하고 가방을 뒤적여 휴대폰을 확인했는데, 중학교 2학년 둘째 아들의 담임 선생님이셨어요. 성품이 착하고 매사에 긍정적인 아이여서 선생님의 전화가 좀 당황스러웠지요. 순간 '무슨 일일까?' 생각하다 며칠 전 아들이 기말고사였다는 것이 번뜩 떠올랐죠.

남편에게 먼저 앞장서 혼자 걸으라 손짓하고 나서 저는 뒤따라 걸으며 한참을 선생님과 통화했지요. 통화가 끝난 후, '무슨 일 있어?'라고 묻는 듯한 남편의 표정에 상황을 설명해 주었지요.

"여보, 지난주 둘째가 기말시험을 치렀어요. 국어 시험 답안지에 풀어 놓은 답을 옮기는데 끝나는 종소리가 울리더래요. 그래도 마저 해서 내려고 하는데 선생님께서 그만하라고 하셨대요. 아이는 속상한 마음에 욕이 툭 뛰어나왔고요. 아이는 실수한 걸 인정하고 사과했는데 선생님께서 받아주지 않으셨대요. 며칠 후, 국어 수업 시간에 친구랑 장난하다가 선생님께 걸렸는데 아이의 수업 태도가 불량하다고 혼을 내셨대요. 우리 아이가 수업을 방해하기 위해 떠든 것으로 생각하셨대요. 교권을 침해 당하셨다며 선생님께서는 아이의 태도가 바르지 않다고 판단하신 거죠. 담임 선생님은 이 상황을 부모가 알고 아이와 충분한 대화를 나누어 국어 선생님과 아이의 관계가 회복되기를 바라셔서 전화를 주신거구요 ”

이야기를 전해 들은 남편은 아이와 선생님 모두의 입장을 이해하고자 했지요. 창 없는 방에 오래 앉아 있을 때처럼 바로 아이와 이야기 나눌 수 없음이 답답했지만, 평소 아이의 성향을 충분히 알고 있던 터라 일정을 마무리하고, 다음날 돌아가기로 했어요.

남은 일정을 보내긴 했지만, 미끄러운 눈길을 걸을 때처럼 긴장되고, 우산 없이 나갔다가 비를 만났을 때처럼 아이가 얼마나 당황스러울까 생각하니 초조했어요. 둘째의 어린 시절 이야기를 남편과 나누며 마음을 달래었죠. 아이와 만나서 나눌 이야기에 대해서 생각도 하면서요.

이튿날, 아이가 하교할 시간에 집에 도착했어요. 엄마 없이 아침에 등교한 아들의 텅 빈 방을 보니 지금 아이의 마음도 이와 같지 않을까 싶어 마음이 울적해졌지요. 현관문 여는 소리가 나서 나가보니 기다리던 아들이었어요.

"아들, 잘 다녀왔어요? 엄마는 잘 다녀왔어."

"네, 엄마!"

교복을 갈아입은 아들과 식탁에 마주 앉았습니다. 아들의 두 손을 잡고, 눈을 오랫동안 들여다보았죠. 아들의 안경 너머에 오직 엄마의 사랑만을 기다리는 작은 아이의 떨림을 고스란히 느낄 수 있었어요. 우리 둘의 시선이 교차하면서 뜨거운 감정이 올라와 말없이 눈물만 흘렸습니다. 우리는 천천히 이야기를 시작했습니다.

"아들, 엄마는 네가 선생님께 욕을 하지 않았다는 걸 믿어. 선생님을 방해하기 위해 수업 시간에 일부러 떠들었다고는 더더욱 아니고. 엄마는 아들을 믿고 있으니까. 선생님도 너를 지켜보시면서 당신이 오해하셨다는 걸 곧 알게 되실 거야."

"엄마 죄송해요. 제가 실수로 욕을 해서 선생님도 화나시고, 엄마도 속상하게 했어요. 쉬는 시간에 선생님께 찾아가서 사과하려고 했는데 그때마다 선생님과 시간이 엇갈려서 제대로 말씀을 못 드렸어요."

아들은 진심으로 용서를 청하고자 애쓰고 있었어요. 울먹이며 마음을 고백하는 아들에게 제가 해 줄 수 있는 건, 세상은 눈에 들어오는 대로 보지만 엄마는 너의 마음속 진실을 믿고 있다는 강력한 신호를 보내주는 것이었어요. 든든하고 안전한 지대가 되어 주어야겠다고 생각했어요.

"그랬구나! 네가 그렇게 마음을 다하니 선생님도 용서해 주실 거예요. 그리고 엄마는 아들이 실수를 인정하고 용기 있게 용서를 청하는 훌륭한 모습에 감동했어요."

다음 날 학교에 다녀온 아이는 선생님께 다시 찾아가 용서를 청했고, 선생님께서 오해도 푸셨다고 전해 주었지요. 걱정하던 일이 잘 해결되고 난 아들은 전보다 주변에 더욱 주의를 기울이며 밝은 표정을 되찾았어요.

중학교를 졸업할 때 담임 선생님과 통화를 하게 되었는데 당신뿐 아니라 교과 선생님들께서도 '미래가 기대되는 아이'라며 칭찬해 주셨어요. 신뢰로 자신을 응원해 준 이 엄마에게는 달콤한 아들로 잘 자라 주었고요.

선생님과의 통화 후 아이에게 다그치듯 전화하지 않고 아들의 입장을 헤아릴 충분한 시간을 가질 수 있었음이 얼마나 다행이었는지요. 아들을 전적으로 믿어주고, 아낌없는 지지와 사랑을 주었더니 아들은 '언제나 내 편'인 엄마가 곁에 있다는 것이 좋았나 봅니다. 기숙사 생활을 해서 일주일 한 번 집에 와 쉬고

싶을 텐데도 "엄마, 제가 뭐 도와드릴까요?"라며 주방을 어슬렁
거리곤 한답니다.

아들과의 아름다운 추억을 기록으로 남기니, 토닥임의 소리
가 들립니다.
'말이 아닌 삶으로 사랑과 관용을 아들에게 보여 준 거, 정말
잘했어!'

글을 마무리하고 나니, 여러분께도 묻고 싶어졌어요.
독자님은 나의 실수를 인정하고 난 뒤 얻게 된 깨달음이 있
는지요?

태초의 모습으로 돌아가는 곳

김지혜

진정으로 훌륭한 사람이 되기 위해서는 사람들과 함께 서야지,
사람들 위에 서서는 안 된다.

· 몽테스키외 ·

매일 새롭게 주어지는 86,400초. 귀중한 독자님의 시간을 함께할 수 있어 감사합니다. 안녕하세요? 온라인 서점에서 책 쇼핑하는 것을 좋아하는 김지혜입니다.

몽테스키외 문장이 저에게 배달되어 왔어요. 읽고 또 읽었어요. 눈으로도 읽어보고 소리 내서 읽어보기도 했는데 '훌륭한'이라는 단어에 한참 동안 저의 시선이 멈추더라고요. '훌륭하다는 것은 어떤 의미일까? 어떤 사람이 훌륭한 사람일까?' 생각했죠.

남을 잘 도와주는 사람이 훌륭한 사람인가, 나의 물질과 시간을 다른 사람을 위해 쓰는 것이 훌륭한 걸까? 딱따구리 한 마리가 제 머리를 쪼아대고 있는 것처럼 지끈지끈 아파지기 시작하네요. 무엇이든 다 알려주는 초록 창에 '훌륭하다'를 검색해 봤어요. 훌륭하다는 것은 '썩 좋아서 나무랄 곳이 없다'는 뜻이래요. 프랑스의 철학가이자 작가이고 소설가였으며, 변호사이면서 정치인이기도 했던 몽테스키외는 사람들과 함께 서는 것이 진정으로 훌륭한 사람이 되는 것이라고 했는데, 저는 사람들과 협력을 통해 좋은 결과를 낸 적이 있는지 생각해 보게 되었어요.

'힘을 합하여 서로 돕는다'는 뜻의 협력. 처음에는 두 아이의 엄마로 10여 년을 살아온 나에게 어울리는 단어가 아니라는 생각이 들었어요. 나를 드러내고 결과를 내야 할 일 자체가 저에게는 없었으니까요. 그때 떠오른 한 사람, 남편이었어요.

"여보, 잘 먹었어, 고마워." 밥을 먹은 후 남편은 항상 이렇게 말해줘요. 기갈나게 음식을 잘하는 것도 아니고, 예쁜 그릇에 정갈하게 음식을 담아내 입보다 눈이 즐거운 식탁을 채우는 것도 아닌데 말이죠. 남편의 고맙다는 한마디는 저에게 더 맛있고 정성스럽게 가족을 위해 한 끼를 준비하는 원동력이 되더라고요. '말 한마디로 천 냥 빚을 갚는다'는 말은 진짜일 수도 있겠다는 생각이 듭니다.

협력이란, 누구나 인정할 만한 결과를 만들어 내는 일이라고 생각했어요. '결과를 만들어 내지 못하는 나'로 만들어 버린 존재 다른 누구도 아닌 저였어요. 가족을 위해 살아온 시간이 무의미하게 느껴져 마음의 병을 얻었던 시간도 있었으니까요. 그런 저에게 남편은 말해요.

"당신이 집에서 아이들을 잘 키워 주니 내가 회사 일에 집중할 수 있어." 힘을 합한다는 것은 크고 대단한 일만을 의미하는 것은 아닌 듯해요. '서로 다른 환경에서 살아온 두 사람이 만나 이룬 가정은 가장 작은 공동체'라는 말이 기억나네요. 서로에 대한 애정과 감사함을 표현하고, 각자의 부족한 점은 인정하면서 힘을 합해야 할 곳. 나의 힘을 보태고 도와야 할 대상은 내가 선택한 남편과 우리 둘이 이루고 만들어 나갈 우리 집이라는 생각을 하게 되네요.

학교, 직장, 친구, 모임 등 우리는 수많은 사람과 연결되어 살아가요. 집을 나서는 순간부터 다시 돌아오는 시간까지 내 얼굴 위에는 가면이 쓰여 있지 않나요? 나를 치장하고 있던 모든 것을 벗어던지는 곳. 맨몸으로 태어난 태초의 모습으로 돌아가는 곳. 가장 많은 화를 내며 나의 치부를 드러내는 곳은 우리 집이더라고요.

오늘 화를 낸 사람을 떠올려 보세요. 그 사람은 누구인가요? 아마 가족일걸요? 제 내면에서 이런 소리가 들려오네요. '가족이 먼저다.'라고요. 내가 이루고 싶은 모든 것을 연습하고 시작해야 할 존재는 나의 가족이었어요. 이제 저는 사랑하는 남편과의 협력으로 우리 가정을 가장 행복한 곳으로 만들어 보려고 해요.

여러분께 질문드립니다.

협력을 통해 좋은 결과를 냈던 적은 언제인가요?

12.

자신의 장점을 팔아보세요

고선해

> 인류라는 큰 집단이 가진 결점을 상쇄하는 유일한 장점은
> 각자 노력하는 짧은 순간 가장 관심있고 하기 쉬운 일에
> 늘 충실한 것이다.
>
> • 조지프 콘래드 •

독자 여러분, 안녕하세요?

글쓰기를 통해 잊고 있던 제 삶의 조각을 찾아가고 있는 고선해입니다.

여러분에게 추억으로 남아있는 특별한 날은 언제인가요?

저는 2004년 10월 12일을 생생하게 기억한답니다. 50명의 유아 교육기관 원장님들 앞에서 처음으로 강의한 날이었거든요. 3시간 강의를 위해 꼬박 한 달을 준비했어요. 강의 하루 전에는

우리 원의 교사들 앞에서 리허설도 하면서 최선을 다해 준비했지요. 그런데도 당일이 되자 심장이 주체할 수 없이 뛰어 청심환까지 먹었지만, 소용이 없었어요.

'고선해. 최선을 다해 준비했으니 잘할 수 있어. 걱정하지 말고 준비한 대로 당당하게 진행해.' 후들거리는 다리에 힘을 주면서 스스로 다독여도 소용없었습니다. 긴장감이 극에 달하더니 입안의 침이 모두 말라 버렸어요. 급기야는 혀가 입천장에 달라붙어 떨어지지 않았죠. 입천장에 계속 달라붙는 혀를 떼어 내야 말을 할 수 있어 물을 계속 마셔야 했지요.

강의를 마치고 물병을 보았어요. 1.5리터 물병 안에 있던 물이 한 방울도 남아 있지 않았어요. 3시간 강의를 하면서 마신 물이 1.5리터나 되다니. 저의 긴장감이 어느 정도였는지 짐작이 가시나요? 하하하.

글을 쓰며 그때를 떠올리니 이제는 미소가 지어지네요. 저의 첫 강의를 듣고 원장님들께서 남겨주신 강의 후기 몇 편을 공개합니다.

"처음엔 강사님께서 너무 자주 웃어서 적응이 되지 않았는데 차츰 그 매력에 빠져들었습니다. 강사님과 함께하는 아이들은 참으로 행복할 것 같아요."

"칭찬과 웃음, 정말 아름답습니다. 저도 이제부터 웃는 연습을 하겠습니다."

"웃으면서 재미있게 내용을 전달하는 능력이 있으시네요. 아이들을 진심으로 사랑하고 정성으로 교육하고 있다는 것이 느껴져요."

"웃음이 떠나지 않는 강사님의 모습, 너무 멋지세요. 저도 웃음과 칭찬으로 무장하고 수업해야겠다고 다짐하게 되었습니다."

강의 후기의 공통점이 보이시는지요? 바로 '웃음'입니다.

특별했던 그날의 강의를 계기로 웃음과 칭찬도 훌륭한 콘텐츠가 될 수 있다는 것을 알게 되었습니다. 그래서 웃음 치료를 배워 제 수업에 접목했어요.

신기하지 않나요? 웃음이 교육 프로그램이 되고 상품으로서 경쟁력이 있다는 사실이 말이에요.

자본주의 사회에서 살아가는 사람들은 누구나 세일즈맨입니다. 다시 말해 누구든 뭔가를 팔아야 먹고 살 수 있습니다. 당신이 가진 장점으로 팔 수 있는 것은 무엇입니까? 자본주의 사회에서 가장 위대한 사람은 가장 잘 파는 사람입니다.

– 《나를 혁명하는 13가지 황금률》 공병호 –

'내가 가진 장점을 상품으로 팔 수 있다'는 글을 읽으면서 제가 가진 장점을 적어보았습니다. 제가 기록했던 저의 장점 중 일부는 웃음, 긍정, 감사, 칭찬이었어요. 그리고 강사인 저는 이를 상품화시켰습니다. 웃음으로 웃음 동요와 웃음 놀이를 만들고, 긍정으로 부모 교육 자료를 만들었어요. 감사를 주제로 책을 내기도 했고요, 칭찬으로 칭찬 교수법을 만들어 강의했답니다.

이 세상에 장점 없는 사람은 없어요. 스스로는 알아차릴 수 없더라도 언젠간 빛이 되어 여러분의 앞길을 환하게 비출 거예요.

마지막으로 독자 여러분께 질문을 드려 볼게요. 5분만 투자해서 질문에 대한 답을 써 보시기 바랍니다. 지금, 이 순간이 여러분에게 엄청난 기회가 될 수 있으니까요.

여러분은 어떤 장점이 있나요?

그 장점들을 어떻게 상품으로 만들 수 있을까요?

당신의 상품을 구매할 당신의 고객은 누구인가요?

13.

오늘

이성화

과거와 현재, 그리고 미래는 실제로 하나이다.
그것은 모두 '오늘'이다.

・호라티우스・

안녕하세요?

전혀 모르는 사람과 인사를 나눈다는 게 낯설긴 하지만 독자들께 인사드립니다. 저희 책을 읽어 주셔서 감사합니다. 저만의 세월을 살아내고 있는 이성화입니다.

호라티우스의 명언을 읽으며 생각해 봅니다. '오늘'이라는 단어 안에는 나의 모든 것이 담겨 있다는 것을요. 그래서 호라티우스의 말을 제 말로 만들어 보았어요. '오늘은 과거와 현재 미

래를 이어주는 다리다.' 오늘의 시간 속에서 무엇을 선택하는가
에 따라 우리의 삶은 달라지겠죠?

"야! 탱탱한 오리 궁뎅이 살은 다 어디 가고 바지가 헐렁거리
냐?"

직장에서 같이 일하고 있는 언니가 말했습니다.

"그래? 내가 그렇게 살이 빠졌나? 50대 초반이 되니까 갑자
기 살이 빠지고 탱탱한 살들이 흐물흐물 거리는 것 같아. 왠지
속은 느낌이야. 세월에 속은 느낌. 난 안 늙을 줄 알았거든."

죽음은 나와는 별 상관이 없는 것처럼 생각하고 살았어요.
그런데 늙고 병들고 죽는 게 인생의 섭리였네요. 이 사실을 받
아들인 건 엄마를 하늘나라로 보내드린 2021년도 3월 이후였습
니다.

사춘기 때에는 나는 특별한 사람이고 어떤 재난에도 살아날
거라는 믿음이 있었어요. 아쉽지만 어쩔 수 없이 시간이 흐르
면 저도 죽는다는 것을 인정해야겠어요. 그리고 '오늘'이라는 지
금이 소중하다는 걸 알게 되었습니다. 오늘을 잘 살아내야 죽을
때 후회 없이 세상과 이별할 수 있는 거겠죠?

오늘 우리는 무엇을 선택하며 살아가게 될까요? 사람들과 어

울려 살아가면서 후회하고 아쉬워할 때가 있습니다. 제 경우엔 상대방의 마음을 읽지 못하고 제가 하고 싶은 말만 했을 때 후회하게 되더라고요. '이렇게 말해줬더라면 더 나았겠다. 내 말에 상처받았을 수도 있지 않을까?'라는 생각을 많이 하게 돼요.

쏜 화살처럼 빨리 지나가는 세월 속에서, 지구별에서 만난 사람들끼리 서로 사랑해 주고 격려해 준다면 우리 에너지는 더 빛을 발할 텐데 말이에요. 저부터 오늘을 다시 살아야겠습니다. 지금 내면에서 들리는 나의 소리에 잠시 귀 기울여 봅니다.

'그래. 잠시 쉬어가는 인생 여정에 너무 아웅다웅하지 말자.'

'너무 따지지 말자.'

'상대방 마음을 다 알 순 없지만 따뜻한 위로가 필요할 거야.'

상대방을 생각하는 마음들이 조금씩 생긴다는 건, 저에게 주어진 오늘의 시간을 귀히 여기고 있다는 뜻이겠죠? 독자 여러분의 마음도 궁금해요.

여러분은 '오늘'의 시간에서 어떤 가치(배려, 수용, 사랑, 감사, 인내 등)를 선택하고 싶으신가요?

춤추는 삶

이정숙

이 책을 읽는 독자 여러분 안녕하세요?

저는 책을 쓰고, 요리 공부도 하며, 춤도 추는 사업가 이정숙입니다.

오늘 저에게 온 문장을 여러 번 읽어 보았습니다.

저는 말이죠, 생각하며 행동할 수 있는 자연의 일부인 내가 성장하고 있다는 것을 느끼지 못할 때 불행하다고 생각해요. 마음먹는 대로 얼마든지 성장할 수 있고 삶의 의미와 가치를 부여

할 수 있는 특권이 주어졌는데, 그렇게 살아가지 못한다고 느낄 때 '난 불행해.'라는 생각이 들었거든요.

2023년 5월, 화창한 봄날이었어요. 탑 리더들과 함께 뉴질랜드 해변을 갔어요. 파도치는 해변에서 맨발로 춤을 추었지요. 볼을 간지럽히며 지나가는 바람과 귀를 즐겁게 하는 파도 소리에 우리들은 마음껏 춤을 추었답니다.

"와 이리 좋노, 와 이리 좋노, 와 이리 좋노!" 트로트를 여러 번 부르며 빙글빙글 돌았어요. 몸속 찌꺼기가 모두 빠져나가는 것 같았어요. 말하며 웃으며 춤추는 동안에는 불행을 찾아볼 수 없었어요. 그래서 저에게 또 하나의 도전이 생겼습니다. 음식 테라피를 넘어 춤 테라피로 저를 만나기로 했어요.

'이정숙 사장님 생각이 났어요. 2박 3일 동안 강원도 횡성에서 춤 피정이 있는데 갈래요?' 저를 생각해 주신 소중한 지인의 초대로 아침부터 저녁까지 춤을 추었어요. 맨발로 호수 길을 걸으며 평화의 춤을 추었답니다. 나비처럼 천사처럼 안내해 주시는 수녀님과 함께 12명의 멋진 팀원들이 원을 그리며 모두 함께 춤을 추었습니다.

몸짓으로 나를 만나고 그들을 만나니 행복이 배가 되었어요.

제가 운영하고 있는 새벽 독서 클럽과 비즈니스 현장에서 춤을 안내하는 사람으로 거듭났지요.

말과 몸으로 하는 춤이 내면과 소통할 수 있는 도구가 되고 사람들과 소통하는 보약이 된다는 것을 깨달았어요. 춤추는 동안에는 불행이 얼씬도 못 하였지요. 우리 모두, 노래하며 춤추는 리더가 되기로 하였답니다. 지금 저의 내면에서 이런 속삭임이 들립니다.

'행과 불행은 마음먹기에 달렸다. 신나는 노래 부르며 춤추는 시간을 많이 만들자. 노래와 춤을 즐기자!'

돈을 레버리지하는 공부, 몸과 마음이 건강해지는 음식 공부와 함께 음악으로 매일 축제 같은 삶을 만들어 가자고 약속하였답니다.

독자 여러분께도 권해 드려요.

불행을 행으로 바꾸어 주는 춤추는 삶, 어떠세요?

그리고 질문드립니다.

여러분의 행과 불행은 누가 만드나요?

15.

잠시만 사용해 주세요

김경아

> 사람들은 많지만, 얼굴들은 더 많다.
> 누구나 여러 개의 얼굴을 가지고 있기 때문이다.
>
> · 말테의 수기. 릴케 ·

평범한 일상의 삶을 자신만의 방식으로 살아가고 계신 여러분! 안녕하세요?

아이를 보면 달려가고, 아이를 보면 자꾸 말을 거는, 아이들만의 세상에서 내가 더 아이가 되어 가고 있는, 행복에 겨워하는 김경아입니다.

릴케가 쓴 문장을 읽으며 우리 안에 있는 이중성, 상황에 따라 달라지는 나만의 가면들을 생각해 봅니다. 순한 양과 사나운 사자의 모습이 공존하고 있는 나, 어떤 때는 기쁜 척하고 또 어떤 때는 아무것도 할 수 없는 척하고 있는 모습들이 떠올랐어요. 여러 사람을 통해 그들이 가진 많은 얼굴도 만나게 됩니다.

2021년 3월, 겨울 입김이 남아 있는 어느 날이었어요.
"유치원 행정을 잘 알고 계시고, 잘 처리한다고 하시던데?"
우연히 만나게 된 사람이 저에게 던진 질문에 이렇게 대답했어요.
"아, 대충 알고 있지요."
'왜 대충이라고 했어? 대부분 다 알고 있는데 말이야.'
그때부터 저의 또 다른 모습인 가식이 내면의 깊은 곳에서 스멀스멀 올라왔습니다. 유치원이라는 업의 끈을 놓고 싶지 않아 더 열심히 공부하고 매진하면서도, 나름의 자부심과 자신감을 가지고 있으면서도, 못하는 척하며 겸손으로 포장했던 것 같아요. 진짜 겸손이 아니었지요.

한 가지 일에 30년이라는 시간을 몰입했습니다. 제가 선택한 업을 진심으로 사랑하지만, 때로는 저를 포장해야 하는 가식 또한 필요했습니다. 그렇다고 말이나 행동 따위를 거짓으로 꾸미는 가식이 아니었기에, 이제는 지나치게 겸손한 척하지 않고 웅크리고 있던 제 마음을 당당히 펼쳐 세상에 선한 영향력으로 변화시키려 합니다.

가면, 필요합니다. 상황에 따라 가면을 잠시 빌려 오세요. 단, 그 가식의 얼굴은 잠깐만 사용하시고 반납해 주세요. 더 이상 필요하지 않은 가면과 안녕을 고하고 내가 가지고 있는 당당함에 감사해 주시면 좋겠어요. 나의 내면에, 여러분의 내면에 속삭여 봅니다.

당신에게 있는 가식은 무엇이며, 언제 안녕을 고해주어야 할까요?

16.

매일의 노동 그리고 결과

길경자

> 저 매일 매일의 노동, 바로 거기에 확신이 담겨 있는 것이었다.
>
> • 페스트. 카뮈 •

여러분, 안녕하세요? 꿈으로 인생의 시곗바늘을 되돌리며 사는 여자, 길경자라고 합니다.

우리는 매일 매일의 노동 즉, 일하고 애쓰고 노력하는 삶을 살고 있어요. 저는 질문이 생겼습니다. '왜 우리는 고달픈 삶의 노동에서 벗어나지 못하고 늘 애써야 하는가?'

그리고 이내 깨달음이 왔어요. '꿈'이라는 단어는 오늘의 노동을 바닥에 깔고 그 위에 세워지는 튼튼한 벽돌이라는 것을요.

힘들이지 않고 저절로 이루어지는 일이 이 세상에 있을까요? 여러분은 지금, 어떤 노동을 하고 계시나요? 그 노동을 통해 꿈을 이루리라는 확신이 있으신가요?

2018년 새해, 건강을 위해 다짐했던 게 있었어요.

"올해는 운동 하나를 꼭 해야겠어!" 새 아파트로 이사 온 지 10년이 넘어서야 우리 부부는 집 근처 초등학교 내에 있는 수영장에 수영 수업 등록을 하게 됐어요.

"아, 너무 졸려." 툴툴대면서도 남편의 권유로 새벽 6시 타임 수영을 시작했지요. 매일 인간 알람이 되어 제 손을 잡고 일으켜 준 남편 덕분에 1년을 다닐 수 있었어요. 맥주병이었던 제게는 기적 같은 일이었지요.

저는 1년 전에 오랫동안 운영하던 속옷 매장을 정리했습니다. 그 후로 그토록 바라던 쉬는 시간이 많이 생겼지만, 병든 닭처럼 앓는 날들이 더 많아졌어요. 병원에도 가보고 한의원에 가서 맥을 짚어도 봤지만, 특별한 병명을 찾을 수 없었어요. 일을 그만둔 후유증이 아닌가 싶어요. 20년 가까이 일을 했으니까요.

그런데 수영을 하면서 일 년 내내 감기 한번 걸리지 않게 되었어요. 수영을 시작한 지 100일이 지나자, 일주일에 1kg씩 몸무게가 줄기 시작했답니다. 탄수화물이 많은 빵과 간식을 끊었고 생수를 많이 마셨어요. 소식을 습관으로 했고 맛있는 커피를 마셨습니다. 3개월이 지나자, 몸무게가 8kg이나 빠지게 되었어요.

좋은 운동 습관과 식습관의 누적은 큰 효과를 가져왔어요. 성실, 그것은 기적을 현실로 구현하는 강력한 힘이었습니다. 매일 매일의 노동은 확신할 수 있는 결과를 낸다는 것을 증명하게 되었지요.

'나의 돌봄과 성장을 위해 도전하는 시간을 만들어야지! 오늘 나는 또 다른 목표인 글쓰기에 도전하고 있다. 확신이 있으니까.'

좋은 습관 만들기는 더 이상 저에게 특별한 사람의 이야기가 아니에요. 저는 오늘도 기꺼이 매일 매일의 노동을 잘 쌓아가고 있어요.

여러분, 혹시 지난날 저처럼 '이건 나의 영역이 아니야. 매일 매일 할 수 없어!'라며 삶을 성장시킬 수 있는 일들을 회피하고 있진 않으신지요? 그렇다면 꿈을 이루어 줄 수 있는 매일 매일의 노동을 아름다운 습관으로 만들어 보시는 건 어떨까요?

저는 오늘 남편에게 고마운 마음을 담아 맛있는 저녁상을 준비해야겠어요.

17.

몰입

백미정

슈호프는 오직, 이제부터 쌓아 올릴 벽에만 온 신경을 집중했다.

• 이반 데니소비치 수용소의 하루. 알렉산드로 솔제니친 •

글로 인사를 드리니 부끄럽기도 하고 설레는 것 같기도 해요. 여러분, 안녕하세요? 책 사는 것을 좋아하는 백미정이라고 합니다.

오늘 저에게 온 문장을 천천히 세 번 읽어 보았습니다. 어떤 일에 자신의 에너지와 시간을 투자하고 몰두한다는 건 몸과 영혼이 건강하다는 뜻일 테고, 삶의 의지를 느낄 수 있는 일이지요. 그래서 저 역시 슈호프처럼, 몰입했던 적이 언제인지 기억을 소환해 보기로 했어요.

2018년 겨울이었을 거예요. 커피숍에서 글을 쓰는데 발가락이 시렸던 감각이 떠올랐어요. 제 이름이 적힌 책을 출간하면서 여러 출판사를 만났답니다.

"무명작가의 에세이, 누가 읽겠어요?"

"책이 왜 이렇게 안 팔려요?"

제가 먼지가 되어버린 듯한 말들을 들으며 결심했죠.

'두고 보자. 작가로 꼭 성공할 테니!'

미친 사람처럼 글을 썼답니다. 하루에 다섯 편의 글을 썼던 적도 있고요, 한 달에 두 권 분량의 원고를 쓰기도 했어요. 제 평생, 이런 몰입을 보일 수 있을까 싶어요. 그냥 손이 자기 마음대로 글을 써 주고 있다는, 신기한 경험을 했습니다.

그리고 저는 11권의 개인 저서, 5권의 공저를 쓴 작가이자 책 쓰기 코치가 되었습니다.

'열등감과 오기도 성장의 동력이 되는구나.', '내가 잘할 수 있는 영역에 집중하는 것이 방법이구나.'라는 깨달음을 체득하기도 했어요. 모든 것을 갖춘 상태에서 계획한 바를 시작하려 했다면, 남들이 하는 말을 기준 삼았다면, 지금의 저는 없었을 거예요.

내면에서 이런 소리가 들리는 것 같아요.

'앞으로 찾아올 열등감과 오기, 상처와 사이좋게 지내자.

제2의 성장을 도와주는 좋은 친구가 되어줄 테니까.'

'내가 잘할 수 있는 영역에 집중하자.

그리고 사람들에게 믿음을 줄 수 있도록 성과로 증명하자.'

여러분께 질문드려 봅니다.

몰입과 집중으로 시간과 공간을 초월한 것 같았던 때, 언제였나요?

Chapter 4.

보다

: 같은 꿈을 꾸는 사람들과 같은 곳을 바라보다

보다　　1. 눈으로 대상의 존재나 형태적 특징을 알다.
　　　　　　2. 눈으로 대상을 즐기거나 감상하다.

눈부시게!

아름다움을 음미하다.

가슴 뜨겁게!

충만한 몰입으로 나에게 손짓하네.

기세당당하게!

새로운 세상을 향한 용기 있는 걸음.

온 세상을 즐겁게!

사려 깊은 존중과 우정을 서로에게 건네며 삶을 향유하는 우리.

앙리 마르텡
Henri Jean Guillaume Martin

ABOUT **수확**
1925년, 캔버스에 유채, 런던 크리스티 미술관

믿음을 수확하다

김민경

멋지다! 자신의 몫을 성실히 해나가는 우리 아들들.
훌륭하다! 자신의 몸을 건강하게 단련하는 성실한 태도.
사랑스러워! 함께 웃고 떠들며 재밌게 노는 너희들의 모습.
너희들의 앞날을 응원하다!
심은 대로 아름다운 열매들을 수확하게 될 거야.

마리 텐 케이트
Johan Mari Henri ten Kate

ABOUT 눈밭에서 노는 아이들
1831-1910년, 캔버스에 오일. 소더비 미술관

향유

안영선

눈부시게!
아름다움을 음미하는 딸.

가슴 뜨겁게!
충만한 몰입으로 나에게 손짓하네.

기세 당당하게!
새로운 세상을 향한 용기 있는 걸음.

온 세상을 즐겁게!
사려 깊은 존중과 우정을 서로에게 건네며 삶을 향유하는 우리.

에드먼드 찰스 타벨
Edmund Charles Tarbell

ABOUT **내 가족, 코튀트에서**
1900년, 캔버스에 유채, 후드 미술관

3.

마음 가족

김지혜

깍!
그녀들을 보면 나오는 마음의 소리.
예뻐!
서로를 바라보는 그 눈빛이.
고마워!
진심 다해 전하고 싶은 말.
반짝반짝!.
서로에게 베풀어 주는 그 마음이 빛나요.
나도 그렇게!
나누고 베풀며 살아갈래요.
오랜 시간 함께!
시간과 마음을 공유하며 또 다른 가족이 되어요.

온 맘 다해 사랑해!

카미유 피사로
Camille Pissarro

214

ABOUT **사과 따는 사람들**
1886년, 캔버스에 유채, 오하라 미술관

아부지

진은혜

아부지!
저벅저벅 걸어오는 발소리의 주인공.
해 주세요!
뚝딱뚝딱, 뭐든 해 주시는 뒷모습.
고맙습니다!
무슨 일이든 허투루 하지 않으시는 열정.
꼭 건강하세요!
몸이 부서져라 가족을 위해 애쓰시는 존재.
그분은 바로,
나만의 시아버지!

오귀스트 르누아르
Pierre-Auguste Renoir

ABOUT 물랭 드라 갈레트의 무도회
1876년, 캔버스에 유채, 오르세 미술관

5.

낭독 무도회

고선해

와!
감탄사가 저절로 나오는 원장님들과 낭독 모임을 한다.

멋져!
매일 아침, 진심과 정성을 담아 책을 낭독하신 후 공유해 주신다.

따뜻해!
서로의 낭독을 듣고 공감과 위로를 해 주시는 모습,
마음이 따뜻해진다.

잘하고 있어!
변화를 꿈꾸는 상위 1% 원장님들이 모이니
서로에게 좋은 자극이 되어 더 빠르게 성장하고 있다.

함께라서 행복해!
혼자라면 고민하고 망설였을 낭독, 상위 1% 원장님들과 함께였기에
무도회에서 춤을 추듯 즐길 수 있었다.

낭독은 나와 타인을 치유하는 힘이 있다고 한다. 낭독으로 자신에게,
소중한 사람들에게 가슴 벅찬 행복을 선물할 원장님들을 응원한다.
같은 꿈을 꾸는 사람들과 같은 곳을 바라보며 동행할 수 있어 감사
하다.

페더 세버린 크로이어

Peder Severin Kroyer

ABOUT **스카겐 남쪽 해안의 여름 저녁**

1899년, 캔버스에 유채, 히르쉬스프룽 컬렉션

6.

행복 포옹

김민주

우와!
멋진 아들.
고마워!
언제나 긍정을 알려주네.
아름다워!
엄마를 보고 웃어주는 네 모습.
늘 함께해!
두 손 꼭 잡고 우리를 향해 밀려오는
행복을 안아 보자.

찰스 커트니 커란
Charles Courtney Curran

언덕 위에서
1909년, 캔버스에 유채, 브루클린 박물관

7.

함께

송수진

그렇지!
역시, 우리 동료들.

아름다워!
짓누르는 삶의 무게로 무너진 이들을 향해 손 내밀어 주는 그 손.

따뜻한 그들!
서로를 향해 늘 미소 지어준다.

같은 곳을 보다!
열정적인 그대들과 함께 세상에 빛을 밝히는 나로 거듭나리.

마리 텐 케이트
Johan Mari Henri ten Kate

ABOUT **눈 위에서 미끄러지다**

1831-1910년. 캔버스에 유채. 소더비 미술관

8

나를 즐기다

송지은

신난다!
역시, 우리 러브미즈.

자유로워!
몸도, 마음도, 영혼도.

기쁨이 가득!
나와 서로를 존중하는 태도.

소풍을 즐기듯!
숨바꼭질하든,
미끄럼틀을 타든,
넘어지고 다쳐도
나를 찾아가는 방법은 여러 가지.

그게 무엇이든
'나'로서 즐기는 이 세상.

오귀스트 르누아르
Pierre-Auguste Renoir

ABOUT **선상 파티에서의 점심 식사**
1881년, 캔버스에 유채, 메모리얼 갤러리 필립스

내 그대를 바라봄이

서혜주

오!
감사한 나의 동반자여.

우리!
신의 섭리로, 운명으로, 물과의 인연으로 만났지요.

사랑해!
몸, 마음, 영혼까지 온전히 다.

함께해요!
우리를 포함한 모두의 행복한 꿈을 위해.

앙리 마르탱
Henri Jean Guillaume Martin

ABOUT 전원
1925년, 캔버스에 유채

10.

기적을 경작하다

이정숙

역시!
사랑하는 우리 리더들.

훌륭해!
항상 나에게 살아 있음을 느끼게 해 주는 존재들.

신뢰한다!
손발이 척척, 협업의 대가들.

끝까지 함께!
같은 곳을 바라보며 아름답게 익어가는 친구이자 식구인 우리.

서로가 고맙다!
감사함을 나누는 우리는 참 괜찮은 존재들.

기적적인 공동체!
우리 모두의 재능을 모아 날마다 새로운 기적을 경작해 간다.

호아킨 소로야
Joaquin Sorolla y Bastida

ABOUT 발렌시아 해변의 아이들
1916년, 캔버스에 유채, 개인 소장

11.

해변에 펼쳐져 있는 꿈

정재연

멋져!
역시, 잘생긴 나의 아들.

훌륭해!
어떤 일이든 최선을 다하는 모습.

아름다워!
나를 이해해 주는 너그러운 마음씨.

자유로운 너!
환하게 웃으며 해변을 뛰는 아이들처럼
네 꿈을 맘껏 펼치길.

구스타브 카유보트
Gustave Caillebotte

오르막길
1881년, 캔버스에 유채, 개인 소장

12.

내 사람

김미경

감사해!
늘 내 옆에 있는 남편.

듬직해!
새벽에도 늦은 밤에도 열심히 일하고

다정해!
애교와 재치로 나를 웃게 하는 사람.

사랑해!
당신과 함께 걸어가는 인생길은 봄날.

페더 세버린 크로이어
Peder Severin Kroyer

ABOUT 힙 힙 호레이! 스카겐에서 열린 화가들의 파티
1888년, 캔버스에 유채, 고센버그 미술관 소장

13.

축배

이성화

샬롬!
영혼의 평안을 빌어주는 이웃들.

나누다!
마음의 짐을 서로 덜어준다.

살만하다!
있는 모습 그대로 삶을 함께하는 우린 친구.

힙힙 호레이!
축제하듯 즐기는 오늘, 여전히 그대들이 있구나.

구스타브 카유보트
Gustave Caillebotte

ABOUT **정원사들**
1875~77년, 캔버스에 유채, 개인 소장

14.

꿈을 가꾸어주는 정원사

김경아

유치원 선생님!
정말 잘 어울려요.

대단한 열정!
고스란히 전해져요.

탁월해요!
어느 것 하나 모자람 없이, 있는 그대로 소중한 선생님들의 존재.

미래가 자라나고 있어요!
정원사처럼 매일 아이들의 꿈을 가꾸어주는 선생님들 덕분입니다.

르네 마그리트
René François Ghislain Magritte

ABOUT **빛의 제국**
1954년, 캔버스에 유채, 브뤼셀 벨기에왕립미술관

15.

우리의 시간

길경자

최고다!
오늘도 당신의 총량을 다 사용한 남편의 수고.

고마워요!
당연한 게 하나도 없는 성실한 시간,
인생을 통째로 가족에게 헌신한 당신.

한결같아요!
한결같이 멋진 당신의 세계로 이상한 나라의 앨리스처럼
빨려 들어가서 만나는 우리의 시간.

하나, 둘, 하나, 둘!
세상 무엇보다 소중한 당신과 가는 길,
딱 한 걸음의 보폭으로 오늘도 내일도 함께 걸어요.
하나, 둘, 하나, 둘!
발소리로 그려지는 우리의 길이 아름다워요.

로렌스 알마 타데마
Lawrence Alma Tadema

238

ABOUT 관찰하기 좋은 지점
1895년, 캔버스에 유채, 앤과 고든 게티

16.

시선

백이정

그렇지!
역시, 우리 작가님들.

아름다워!
늘 나에게 배움을 주신다.

존경스러워!
서로를 향한 겸손한 태도.

끝까지 함께 해!
같은 곳을 바라보는 바다와 같은 존재들.

Chapter 5.

뚫다

: 확장된 세계를 향해 뚫어 버려라

뚫다　　1. 구멍을 내다.
　　　　　　2. 막힌 것을 통하게 하다.
　　　　　　3. 장애물을 헤치다.

크게 생각하는 사람이 크게 이룬다.
제일 행복한 사람들은 타고난 능력을
최대한 활용하는 사람이다.
당신이 이번 생에서 해야 할 일은
그 능력과 가치를 최대한 많은 사람들에게
나눠주는 것이다.

- 하브 에커. 백만장자 시크릿 -

여러분의 제 2의 인생은 어떠할까요?
상상해 보세요.
글로 써 보세요.
그리고 기대해 주세요.

1.

네 문장의 편지

홍석부

충주에 있는 막국수 식당, 옆 테이블에 앉아 인상을 잔뜩 찌푸리고는 남편과 유치원생 아들에게 신경질 내는 엄마가 보입니다.

"밥 좀 먹게 아빠한테 가라." 분위기가 좋지 않아요. 부정적인 에너지는 순식간에 전달된다고 하죠. 저는 남은 음식을 빠르게 먹고 일어났습니다.

식당 근처 공원에서 그 가족을 우연히 또 마주쳤어요.

"좀 예쁘게 말할 순 없어?" 남편이 미간을 살짝 찌푸리며 아내에게 말합니다.

"당신이 아들이랑 노는 법을 모르니까 애가 맨날 나한테만 오잖아. 나도 힘들고 바쁘다고."

남편은 작은 페트병에 든 물을 벌컥벌컥 마십니다. 손에 들고 있던 뚜껑이 떨어지길래 주워서 드렸어요.

"여기 있어요. 엿들으려고 한 건 아닌데 들려서요. 아이와 놀아주는 일 많이 힘드시죠?"

"고맙습니다. 저는 재밌게 놀아주려고 하는데 애가 즐거워하질 않네요."

순간, 유치원 체육 교사인 제가 도움이 될 것 같다는 생각이 들었어요.

간단하게 소개를 드린 후 남편에게 물어봤어요.

"제가 작은 도움을 드리고 싶은데 괜찮을까요?"

남편이 아내를 향해 오라고 손짓해요. 아내가 아이 손을 잡고 걸어옵니다. 제 직업을 들은 아내는 거리낌 없이 고민을 털어놓습니다. 남편이 아들과 놀아주는 법을 전혀 모른다는 내용이에요. 저는 남편에게 물었습니다.

"손에 들고 있는 물병으로 아이들과 어떤 놀이를 할 수 있을까요?" 남편은 머뭇거리기만 할 뿐 대답하지 못합니다.

"물병이요? 집에 장난감이 얼마나 많은데 굳이 이런 물병으로까지 놀아줘야 되나요?"

저는 미소 지으며 대답했습니다.

"아이들은 장난감을 사줘도 조금만 가지고 놀면 금방 지겨워

해요. 그럴 때마다 새로운 장난감을 사주실 수 있으세요? 돈이 많이 들겠죠. 설령 경제적 여유가 돼서 사준다 할지라도 그 많은 장난감은 어디에 보관하실 거죠?" 아내, 격하게 고개를 끄덕입니다. 어른들이 하는 이야기가 지루한지 엄마 손을 잡고 있는 아이는 빨리 가자고 합니다. 오래 이야기하기가 미안하네요. 그래서 제안했어요.

"미션을 하나 드릴게요. 놀아주는 것도 훈련이 필요한 법이죠. 내일까지 물병 하나로 아이를 즐겁게 해주세요. 여러 가지 시도를 해보세요. 그리고 영상을 찍어서 저에게 보내주세요. 성공하신다면 아이와 아내분 모두에게 사랑받으실 거예요. 할 수 있으시죠?"

유치원생이었던 아이가 글 쓰는 초등학생이 되었어요. 아이에게서 편지를 받았습니다.

'선생님, 감사합니다. 아빠가 재밌어졌어요. 매일 아빠랑만 놀고 싶어요. 엄마도 이제는 짜증을 안 내요.'

이 짧은 글을 열 번 넘게 읽었습니다. 다 읽은 편지를 펼쳐 책상 위 유리 안에 잘 보이게 끼워 놓았어요. 오늘따라 날이 더 좋네요.

2.

불안에서 행복으로 가는 질문

송지은

뜨거운 햇볕이 내리쬐는 날, 그녀는 짙푸른 나무 그늘 러브미타운 산책길 의자에 힘없이 앉아있었다. 눈 밑 다크서클이 짙다. 며칠째 밤이라도 샌 것일까? 무엇을 향해 가는지 알 수 없는 듯 눈동자는 불안하게 흔들리고 있었다.

'어떤 사연이 있을까?'

나는 무거운 분위기에 이끌리듯 그녀 옆에 말없이 앉았다. 20여 분이 지났을까? 그제야 인기척을 느꼈는지 그녀는 고개를 돌려 나를 바라보았다.

"기쁨…작가님?"

그녀는 삶의 갈림길에서 마지막 희망이라도 잡고 싶은 듯이 나를 바라보며 말했다.

"실은 여기까지 와서 다시 돌아갈까, 작가님께 도움을 요청할까 고민하고 있었어요. 그런데 여기서 이렇게 뵙다니요!" 나는 따스한 미소로 답했다.

"여긴 더우니 시원한 제 방에 가실까요?"

방에 들어와 안락한 소파에 마주 보고 앉았다. 방 한쪽에는 러브미 아로마 향기가 은은하게 뿜어져 나오고 있었다. 편안한 분위기 속에서 대화를 시작했다.

"쉽지 않으셨을 텐데 용기 내어 여기까지 찾아와 주셔서 감사해요. 어떤 이야기를 하고 싶으실까요?"

"전 그동안 누구보다 열심히 살았다고 자신해요. 미래를 위해 준비해야 한다고 말하는 것들은 다 했어요. 새벽부터 밤늦게까지 말이죠. 직장 다니면서 새벽엔 블로그에 글을 쓰고 실시간 유튜브 방송도 하고, 밤에는 강의를 듣거나 책을 읽었어요. 어린아이들 키우면서도 자격증을 따기 위해 매일 밤 공부했습니다. 그런데도 남들보다 나아지는 게 없어요. 나이 들어서도 돈 걱정 없이 사람 구실 하며 잘 살 수 있을지 의문이고 불안하기만 해요." 과거 내 모습을 보는 듯했다.

"믿으실지 모르겠지만 저도 한때 그랬어요." 새콤달콤한 향으로 기분 좋아지는 오렌지 주스를 내밀며 그녀를 바라보았다.

"선생님이 진짜 바라는 것은 무엇일까요?" 나의 물음에 그녀의 눈빛에는 아까와 다른 흔들림이 비쳤다.

"'진정으로 내가 원하는 것은 무엇일까? 나는 어떤 삶을 살고 싶은가? 그것을 가로막는 장애물은 무엇인가?' 그것에 대해 선생님만의 답을 찾을 수 있다면 앞으로 나아갈 길이 보이실 거예요."

그렇게 그녀는 마음속에 질문을 품고 돌아갔다. 방향을 찾을 때까지 러브미타운에서 함께 하면 좋겠는데, 어린 두 아이를 키우는 엄마라 현실의 삶으로 돌아갈 수밖에 없었다. 하지만 답을 찾고자 하는 의지의 불꽃은 쉽게 꺼지지 않을 것이다.

여느 때처럼 산책길을 걷고 있었다. 어느새 계절이 바뀌어 러브미타운 산책길은 푸르름 대신 아름드리 낙엽들로 붉고 노랗게 물들어 있었다. 아침저녁으론 공기가 차가워져 감기 걸리기 쉬운 날씨다.

'그녀는 자신이 진정 무엇을 원하는지 찾았을까?' 과거의 나를 닮았던 그녀를 생각하며 길을 걸었다. 그런데 그녀가 서 있었다. 우리가 처음 만났던 나무 그늘에서 말이다. 환하게 미소 짓는 얼굴엔 예전과 다르게 생기가 넘쳤다.

"작가님! 잘 지내셨어요? 작가님을 만나기 전 저는, 제가 원하는 것이 무엇인지도 모른 채 남들이 해야 한다고 하는 것들만을 좇으며 살았어요. 그런데 선생님의 질문 덕분에 제가 진짜 바라는 것이 무엇인지, 그것을 가로막고 있는 것이 무엇인지 알게 되었답니다. 이제는 남들이 말하는 성공이 아닌, 제가 원하는 일을 하며 누구보다 행복한 삶을 살고 있어요. 아, 죄송해요. 제가 너무 제 이야기만 늘어놨죠? 신이 나서 그랬나 봐요."

겨울을 앞둔 서늘한 가을 날씨지만 나의 행복이 그녀의 행복이 될 수 있어서 어느 날보다 눈부시고 따사롭게 느껴졌다. 자신이 진짜 원하는 것이 무엇인지 내면의 소리를 들을 수 있다는 것은 참 경이로운 일이다.

3.

나에게 온 그를 환대하며

서혜주

처음 바라본 갈색 눈동자가 선했다.

"안녕하세요? 처음 뵙겠습니다." 미성의 차분한 목소리가 귀에 들어온다. 핑퐁 같은 대화 속에서 무궁무진한 화제가 탄생했다. 각 주제별 상상의 나래가 끝도 없이 펼쳐진다. 시간 가는 줄 몰랐다. 동시에 편안했다. 그래서 더욱 신비로운 느낌.

기분 좋은 통찰력을 주는 사람. 그와의 첫날, 첫인상의 삽화다.

그런데 소개한 이의 말이, 그의 건강이 다소 염려된단다.

웬일인지 회심의 미소가 지어졌다. 앞으로 펼쳐질 나의 역할에 대한 작은 희망과 미지의 가능성을 향한 신선한 궁금증이 일었다. 한 사람을 향한 새로운 탐구가 시작됨에 적잖이 흥분

되었다.

질문을 통해 그의 건강 상태를 알게 되었다. 한 인간이 다 갖기엔 가혹한 일이라 느껴졌다. 신은 감당할 수 있는 시련을 준다는 말이 떠올랐다. 형태와 강도는 달라도 어려움 속에서 헤쳐 나가려 애쓰는 나의 모습이 그와 묘하게 닮았다는 인상을 받았다.

그는 가까운 날에 종합 검사를 위한 입원을 앞두고 있었다. 마음이 많이 안 되었다. 하지만 그는 처리해야 할 중요 업무들로 인하여 입원하지 못했다. 나는 이참에 한방치료를 권하였다.

"제게 오래된 단골 한의원이 있는데 한 번 같이 가보시겠어요?"

"한의원은 평생 한 번도 안 가 봤습니다만."

의외다. 낯선 세계에 대한 두려움 때문인지 점잖은 말속에 거부의 뉘앙스가 다분히 있다. 병의 근본을 치유하는 방편으로 믿는 구석이 있는 나도 쉬이 물러서고 싶지 않았다. 어떻게든 경험하게 해 주고 싶었다. 직접 해 주는 두개천골요법이나 마사지가 아닌 다른 시도.

몇 번의 권유 끝에 마침내 승낙하고 주 1회 주기로 진료를 받기 시작한 지 보름이 지났다. 난생처음 사혈을 하고 나온 그를 잊지 못한다. 왼쪽 어깨에서 피가 흘러나오는 것이 느껴지더란다. 몸이 보내오는 신호에 민감한 사람. 그런데 몸에서 안 좋은 피가 빠져나오니 점차 시원하고 힘이 생기는 기분이더란다.

시간이 흘러 그는 건강을 많이 회복하였다. 스스로의 마음, 나의 정성, 타인의 도움 덕이다. 최상의 상태는 어려워도 현상 유지에 언제나 감사하다. 함께 만들어 가는 대한민국 경제 역사에 한 획을 그으며 우뚝 선 그의 모습에서 무한한 자부심과 자랑을 느낀다.

정현종 님의 시를 빌어 바람 한 줄기 남긴다.

과거, 현재, 미래와 함께 일생이,
온 마음이 나에게 온 그를 환대하며 오래도록 곁에 머무르리라.

반장 정연우

김민주

등이 굽어 곧 바닥에 닿을 듯한 할머니.

그 옆에 겁에 질린 눈망울을 가진 아이.

두 사람은 희망 어린이집을 물끄러미 바라보고 있었다.

나를 발견한 할머니는 힘없는 목소리로 물었다.

"희망 어린이집 원장님 좀 만나게 해 주세요."

할머니 손을 꼭 잡고 있는 겁에 질린 아이를 보며 외할머니와 함께 자란 내 아들의 어린 시절이 스쳐 지나갔다.

"할머니, 제가 원장인데 무슨 일로 오셨어요?"

아무 말 없이 내 손을 덥석 잡는 할머니였다. 뭐랄까, 마음속에서 어떤 울림이 느껴졌다. 나도 할머니의 두 손을 꼬옥 잡아

드렸다. 할머니와 교감을 나눈 후, 아이와 눈높이를 맞추기 위해 몸을 숙여 아이에게 물었다.

"이름이 뭐야?"

"연우에요." 아이는 기어 들어가는 목소리로 대답했다. 겁에 질린 아이를 보니 그냥 안아주고 싶었다. 일을 한다는 이유로 아들의 어린 시절을 함께 해 주지 못한 미안한 마음이 불쑥 올라왔다.

상담실에서 할머니와 이야기를 나누는 동안 연우는 어린이집 마당 한 구석에 가만히 서 있었다.

"할머니, 조금 전에 제 손을 잡으신 이유를 여쭤봐도 될까요?"

머뭇거리던 할머니는 조심스레 이야기를 하셨다.

"아들 며느리가 헤어지면서 내가 이 아이를 키우고 있어요. 어린이집에 보내고 싶은데 늙은이가 돈도 없고, 아이들이 엄마 아빠 없다고 자꾸 놀려서 연우가 가기 싫어해요. 동네에서 희망 어린이집은 다른 곳과 다르다 해서 염치없지만 찾아왔어요. 원장님을 뵈니까 이런저런 생각이 들면서 감정이 격해졌나 봐요."

"네. 할머니, 잘 오셨어요. 우리 희망 어린이집은 알고 오신 것처럼 조손가정이나 한부모 가정 친구들이 눈치 보지 않고 밝고 건강하게 자랄 수 있도록 도움 주는 곳입니다. 제가 싱글맘이거든요. 아이가 4살 때 이혼하고 친정 부모님 도움으로 아이를 키우면서 직장을 다녔어요. 할머니를 뵈니까 친정엄마 생각이 나서 가슴이 찡하네요. 친정엄마 덕분에 아들도 잘 자랐고, 저도 이렇게 받은 사랑을 나눌 수 있는 어린이집 운영도 하고 있어요. 연우가 원한다면 어린이집 문은 언제든지 열려 있어요."

할머니 눈에서 눈물이 흘렀다.

"원장님 이야기 듣다 보니까 나도 마음이 아프네요. 그런데 싱글맘으로 오래 살았으면 혹시 아이가 미워서 화내거나 때리는 일도 있었을 것 같은데……."

할머니 이야기에 갑자기 화가 났다. '도대체 나를 어떻게 보고 이런 말씀을 하시는 거지?' 나는 측은한 눈빛으로 할머니를 바라보며 말했다.

"할머니 말씀을 들으니 제 기분이 별로 좋지는 않네요. 소문 듣고 연우를 맡기고 싶어서 오셨다 하셨는데 이런 이야기를 왜 하실까요?"

"미안해요. 늙은이 노파심에 그만……."

"할머니가 연우를 얼마나 사랑하시는지 알겠습니다. 제가 제안 하나 할게요. 일주일만 연우를 어린이집에 보내 주세요. 그 이후 입학 결정하셔도 되니까요. 괜찮으시겠어요?"

"원장님! 저 반장 됐어요!"

겁에 질려 우는 것도 잘 못하던 4살 연우가 초등학교 6학년 맏형이 되었다. '반장 정연우'란 이름이 적힌 임명장을 들고, 숨을 헐떡이며 달려와 내 품에 안겼다. 연우를 꼭 안아주며 함께 눈물 흘렸던 그 순간을 잊지 못한다. 희망 어린이집 원장의 길을 잘 선택했다 싶다. 참 잘했다.

5.

독수리의 위상을 닮아 있었다

이정숙

"어떻게 하면 비즈니스를 잘할 수 있나요?"

40대 젊은 사업가 최금순 씨가 나를 찾아왔다.

"뉴스킨 비즈니스, 꼭 성공하고 싶습니다."

"진짜 성공하고 싶어요? 그렇다면 행동으로 보여주시길 바랍니다. 500원을 제 계좌로 보내세요. 5,000만 원이라고 생각하고 받을게요."

딩동!

500원이 송금되었다.

'그래. 기꺼이 당신의 스승이 되겠어!' 다짐했다. 28년 전 비즈니스를 하면서 헤매던 나의 모습을 보는 것 같아서 더욱 애정이 갔다.

카페에서 종이를 펼쳐 놓고 그래프를 그리기 시작하였다.

"얼마를 벌고 싶어요? 배울 준비는 되어 있고요?"

"먼저 한 달에 1천 만 원을 꼬박꼬박 벌고 싶습니다. 배울 준비가 되어 있습니다!"

"음. 새로운 사람을 하루에 몇 명씩 만나고 있죠? 아침 기상 시간은 몇 시인가요?"

"8시 반쯤 일어납니다. 그리고…. 새로운 사람을 잘 못 만나는데요?"

금순 씨는 시비조로 건성건성 답했다.

"직장 다닐 때는 몇 시에 일어났나요? 정주영 회장은 아는 사람만 만나서 현대조선을 만들었을까요? 전에 다니던 직장보다 더 많은 수익을 바라고 더 많은 자유 시간을 원해서 저에게 왔을 텐데, 지금 금순 씨의 생활 태도와 생각이 비즈니스 오너가 되는 것에 맞다고 생각해요?"

금순 씨는 천천히 고개를 떨구었다.

"사장님! 5시 반 이전에 일어나서 새벽 독서클럽에서 책 읽는 것이 이제 습관으로 잡혔어요. 4시 58분, 가산산성에서 해독 트레킹 가는 것도 습관이 되었고요. 누구라도 만나면 제품과 비즈니스로 연결됩니다. 비즈니스가 재미있어졌습니다. 사장님 덕분입니다!"

　그녀의 활기찬 목소리, 확장되는 비즈니스 활동이 독수리의
위상을 닮아 있었다.

6.

스몰스텝의 향기

김지혜

발바닥에 껌이라도 붙은 건지, 돈이라도 떨어진 건지 바닥만 쳐다보고 있는 그녀. 인기척에 놀라 살짝 고개를 든 그녀는 초점 없는 눈동자에 생기라고는 전혀 찾아볼 수 없는 표정을 짓고 있었다. 엘리베이터 문이 몇 번이나 열리고 닫히는 동안 나의 시선은 건물 입구에 서 있는 그녀에게로 향해있다.

10년 전 나의 모습과 닮아서일까? 내 마음과 발걸음이 이끄는 곳으로 다가가 그녀에게 물었다. "저랑 따뜻한 커피 한 잔 하실래요?" 화들짝 놀라 뒷걸음질 치는 그녀에게 조금보다 더 느리고 천천히 말했다.

"놀라셨다면 죄송해요. 저는 스몰스텝 센터장 김지혜입니다." 나를 소개했다.

"아…. 안녕하세요?" 힘겹게 내뱉는 인사말. 모진 겨울바람에 맞서며 이곳에 얼마나 서 있었던 것일까? 내 머릿속에서는 온기가 하나도 느껴지지 않는 그녀를 구해야 한다는 생각뿐이었다. 차갑게 식어버린 그녀의 손을 잡고 무작정 센터로 데리고 들어왔다.

"잠시만 앉아 계세요. 차 한 잔 준비할게요." 이곳에 와서도 그녀는 바닥만 쳐다보고 있다. 따뜻한 페퍼민트 차 한 잔을 건네며 이름을 먼저 물어보았다.

"저… 저는 박은지예요." 드디어 나와 눈을 마주친 그녀를 자세히 볼 수 있었다.

"참 예쁜 이름이네요." 그제야 옅은 웃음을 짓는 그녀.

"건물 앞에 서 있던 은지님이 10년 전 저의 모습 같아서 마음이 쓰였어요. 도와드리고 싶어요". 그녀의 대답은 듣지도 않은 채 저돌적으로 나아가는 내 모습이 나조차 어색했지만 마음이 가는데 도리가 있으랴.

우리 센터의 살림꾼, 은지 대표님. 갑자기 그녀와의 첫 만남이 떠오른다. 지금 그녀는 몇 년 전 자신처럼 남편의 학대와 무시로 힘겨워하는 여성들을 돕고 있다. 향기로 마음을 치유하고, 향기 나는 글을 쓰고 향기 나는 말을 하는 작가, 강사로 말이다.

5월의 아침에

이성화

오전 10시 20분. 전화벨이 울린다. 강의 준비로 책과 인터넷을 뒤적이며 한참 집중하고 있던 터였다. 반갑지 않은 벨소리였지만 차분한 목소리로 전화를 받았다.

"전화 주셔서 감사합니다. '인생을 아름답게' 연구소입니다." 전화선을 타고 젊은 남자의 목소리가 들려온다.

"네, 안녕하십니까! oo 회사 대표님 비서실입니다. 다름 아니라, 저희 회장님께서 소장님을 뵙고자 하는데 혹시 오늘 시간이 될까 해서요." 유명하신 분이 왜 나를 찾을까 의아해하며 질문했다.

"오늘요? 무슨 일로 그러시는지 알 수 있을까요?"

"잠깐만 시간 내주시면 됩니다. 오늘은 얼굴만 뵙고 인사드리려고 하는 거라서요.”

“네. 제가 강의 준비로 좀 바쁘긴 하지만 점심 이후 잠깐 시간이 됩니다.”

“감사합니다. 그러면 오늘 오후 2시에 찾아뵙도록 하겠습니다.”

“그러시죠.”

젊은 남자 비서는 기분 좋은 목소리로 전화를 끊었다.

오후 1시 50분. 통유리로 되어 있는 내 사무실 도롯가에 검은 승용차 한 대가 서더니 기사분과 옆 좌석에 앉아 있던 젊은 남자가 내리는 모습이 보였다. 기사분이 차 뒷문을 열었다. 풍채 좋은 노신사 한 분이 내리자 젊은 남자는 먼저 뛰어와 사무실 문을 노크했다.

나는 미소와 함께 문을 열어 드렸다. 풍채 좋은 노신사는 의자에 앉으며 젊은 남자에게 나가 있으라는 손짓을 했다. 약간 거만하고 고집스러워 보이는 눈매의 노신사였다. 차와 함께 인사말을 건넸다.

“처음 뵙겠습니다. 어떻게 아시고 저희 연구소를 찾아오셨는지 궁금합니다.” 노신사는 선뜻 말을 꺼내지 않았다. 차를 마시며 머뭇거리더니 입을 뗐다.

“소장님 강의를 우연히 들었습니다. 제가 칠십이 넘어 이런

데를 찾아오니 좀 부끄럽긴 하네요. 어, 그러니까, 제가 요즘 불면증에 시달리고 있습니다. 그전에는 바닥에 머리만 대면 바로 곯아떨어졌는데 요즘엔 잠을 못 자니 너무 힘들어서 찾아왔습니다."

"그러셨군요. 그럼 혹시 병원은 다녀보셨나요?"

"네. 별짓 다 해봤죠. 돈도 벌 만큼 벌었으니 안 해본 게 없어요. 약도 먹어보고 민간요법도 해 봤는데 별 소용이 없었습니다. 그런데 우연찮게 소장님 강의를 듣고는 내 마음에 문제가 있나 싶었어요."

"아, 네. 그럼 어떤 부분에서 마음의 문제라고 생각하시게 됐는지 말씀해 주실 수 있을까요?"

"아이고, 그걸 내가 알면 뭐 하러 왔겠어요? 찾아주라고 왔지."

불면증에 시달리는 나이 지긋한 노신사를 보며 남은 인생을 잘 정리할 수 있도록 도와 드려야겠다는 마음이 생겼다. 그래서 그분의 각오를 물었다.

"그럼 저랑 약속하시고 그 약속을 지키신다면 도와드리겠습니다."

"그래, 그게 뭔데요?"

"일주일에 한 번 한 시간씩, 저와 시간을 보내요. 그리고 매주 드리는 숙제를 잘 풀어오시면 됩니다."

"그 정도는 내가 할 수 있지. 어려운 숙제만 아니면요."

"그럼요. 편안하게 오시면 됩니다."

그렇게 3년이 넘는 시간을 노신사와 함께하게 되었다. 노신사의 고단한 삶의 여정을 조금씩 풀어갔다. 노신사는 그의 몸과 마음, 영혼의 짐을 내려놓는 연습을 지속했다. 인생의 황혼기를 어떻게 아름답게 마무리할지 결단하자 마음이 너무 편안해졌다며, 이젠 죽어도 여한이 없다고 하셨다. 이제는 자신과 비슷한 고통을 느끼는 이들을 위해 봉사하고 싶다는 그분의 말에 삶의 충만함을 느끼는 5월의 아침이다.

8.

햇살이 선택한 그녀

송수진

도서관에서 겨울 방학 특강으로 4주 동안 그림책 마음코칭 프로그램을 진행했다. 마지막 수업이 끝난 어느 금요일 오전. 나는 시계를 보며 짐을 정리하고 있었다. 카트에 마지막 짐을 챙겨 넣고 급한 마음으로 문을 향해 돌아서는 순간, 그녀가 내 앞에 서 있었다. 낡은 운동화에 유행이 한참 지난 청바지를 입은 그녀는 며칠 잠을 설친 듯 피곤해 보이는 얼굴로 내게 물었다.

"저, 그림책 마음코칭은 어떻게 하면 되나요?"

통성명도 없이 다짜고짜 질문부터 던지는 그녀가 당황스러웠다. 출구 위에 걸린 시계를 보며 다시 시간을 확인해 보니 오후 강의까지 30분 정도 여유가 있었다. 우연이었을까? 10년 전 나의 모습을 떠올리게 하는 그녀에게 나는 마음이 끌렸다.

우리는 강의실을 나와 로비에 자리를 잡고 앉았다.

"안녕하세요, 제가 어떻게 불러 드리면 좋을까요?"

"저는 유진이, 유진이 엄마예요."

"아, 제가 성함을 불러 드리고 싶은데, 어떻게 불러 드리면 될까요?"

"아…. 저… 그냥 민주 씨라고 불러주세요. 제 이름 말해 보는 게 오랜만이라 좀 어색하네요."

"아, 네, 그러시군요. 그럼, 민주 씨라고 부르겠습니다. 민주 씨, 그림책 마음코칭에 관심이 있으시다니 반갑네요. 수업 들으시면서 마지막 숙제로 내어 드린 프로그램 계획 짜 보셨나요?"

잠시 침묵이 흘렀다. 그리고 당황한 듯 그녀가 말했다.

"저, 저는 그냥 대표님 강의 처음 들었고, 듣다 보니 딸 생각이 나서요. 딸한테 그림책 마음코칭 수업을 해 주고 싶다는 생각이 들어서 그냥 여쭤본 건데… 프로그램 계획을 짜 봤냐고 물으시니… 전 그런 건 안 해 봐서 못 하는데요. 저는, 못 해요, 그런 건…"

나는 그녀의 눈을 지그시 바라보았다. 그리고 말했다.

"민주씨, 저도 민주 씨처럼 수업 하나 듣는 것부터 시작했어요. 먼저 민주 씨께서 어떤 마음으로 따님에게 그림책 마음코칭을 해 주고 싶으신지 잘 생각해 보시고, 민주 씨의 장점 50가지만 써 주시겠어요?"

똑. 똑. 똑.

어딘가 단단함이 묻어나는 노크 소리였다.

"네, 들어오세요."

고개를 들어 열린 문을 바라봤다. 물방울무늬 시폰 원피스를 단정하게 차려입은 그녀가 들어왔다. 민주 코치였다.

"대표님, 안녕하세요? 이번에 여성회에서 강의 요청이 들어와서 프로그램을 짜 봤는데, 좀 봐주시겠어요?"

창문을 뚫고 들어오는 여름 햇살이 환한 미소를 머금은 그녀의 얼굴을 가득 비춰주었다.

9.

대견하고 고마운

정재연

독서 모임이 결성되어 멤버들과 처음으로 모이던 날, 한 명씩 돌아가며 짧게 자기소개를 했다. 내 옆자리에 앉은, 키가 크고 세련된 외모를 가진 여성의 차례가 되었다.

"안녕하세요? 저는 딸 둘을 키우고 있는 47세, 가정주부입니다. 이름은 이영희입니다." 나와 동갑이라는 사실만으로도 무척 반가웠다. 자연스럽게 사람들과 동화되는 영희 씨의 모습을 보며 많은 매력을 느꼈다. 그녀는 바쁜 일상과 육아 속에서 자기만의 시간으로 '독서와 필사'를 택했고, 이런 모임은 처음이라 잘 부탁드린다며 싱긋 미소를 지어 보였다.

내 차례가 되었다. 설레고 떨리는 마음으로 내 소개를 했다.

"안녕하세요. 저도 47살이고요, 워킹맘으로 초등학교 6학년 아들 한 명을 키우고 있어요. 제가 결혼이 늦어져서 아이가 어려요." 영희 씨는 목소리를 조금 높여 대꾸했다.

"그래요? 저랑 동갑을 만나다니 반갑네요. 저도 결혼을 늦게 해서 딸들이 초등학교 1학년, 그리고 6살이에요."

"엄마 손이 많이 필요한 시기라 힘들겠어요. 그럼에도 불구하고 저희 독서 모임에 와주셔서 감사해요. 혹시 독서 모임에 대해 궁금한 점 있나요?"

"독서는 꾸준히 하고 있었지만, 필사는 한 번도 안 해봤어요."

"네. 제가 필사하는 방법을 설명해 드릴게요." 그녀가 쉽게 이해할 수 있도록 최대한 자세히 설명을 해주었다.

"필사가 쉽지 않은 것 같아요. 제가 과연 글을 읽고 중요한 부분을 발췌해 낼 수 있을까요?" 나의 설명 후, 미간을 살짝 찌푸리는 그녀였다. 용기가 없어진 모습을 보니 1년 전 모임을 처음 시작할 때 나의 모습이 떠올랐다.

"당연히 할 수 있어요! 자신의 마음이 닿는 글귀를 책 속에서 선택하고 문장을 따라 말해보고, 음미해 보는 시간을 가져 보는 거예요. 정답은 없어요."

그제야 그녀는 고민했던 문제가 해결되었다는 듯이 얼굴 표정이 환해지면서 다시금 아름다운 미소를 지었다. 영희 씨는 한 층 더 자신 있는 목소리로 말했다.

"그럼, 제가 해볼게요."

"좋아요. 한 주 동안 해보고 단톡방에 필사한 부분을 올려주시면 됩니다. 어려운 점 있으면 말씀해 주세요." 조금씩 용기를 내보는 그녀가 너무 대견스럽고 고마웠다.

1년이 지난 요즘도 필사모임에 열심히 참여하며 때론 리더역할로 본인이 읽었던 책의 내용을 사람들에게 공유해 주는 그녀가 멋있어 보였다. 필사모임을 통해 만난 벗들이 더 귀하게여겨졌다. 행복하다.

10.

배움에 늦은 때란 없다

길경자

이마에 맺히는 땀방울을 연신 닦아도 소용없다. 38도를 훌쩍 넘는 폭염이다. 급격하게 잦아든 갱년기 증상도 한몫하는 듯하다. 말복이 얼마 남지 않은 여름날 오후, 벌컥거리며 마신 생수만 해도 두 병째다. 부채질을 하며 디지털 인문 리터러시 교육 연구소 현관문을 열고 들어섰다.

핸드폰 벨이 요란하게 울린다. 사무실에서 회의하고 있는 직원들에게 방해될까 얼른 통화 버튼을 눌렀다. 디지털 인문 리터러시 교육과정 10기생 너수선 대표님이셨다.

"소장님, 안녕하세요? 이걸 어쩌면 좋아요? 전 아직 줌 배경화면 바꾸는 방법을 모르는데 가르쳐 주시겠어요?" 너 대표님은 내일 당장 온라인 과정 워크숍에 참여해야 하는데 필요한 줌 기능을 몰라 신경이 이만저만 쓰이는 게 아니란다.

"배운 내용을 자꾸 잊어버리니 큰일입니다." 작아진 목소리에서는 중년의 중후함도 뒤로하고 그저 간절한 깨우침을 기대하는 학생의 모습만 그려질 뿐이었다. 나는 조금 뒤 시작될 미팅 시간이 신경 쓰여 회의실 입구를 쳐다보았다. 황우석 코치와 눈이 마주쳤다. 곧 가겠다는 신호를 다급히 보냈다.

"너 대표님, 걱정 마시고요. 언제 시간이 되시나요? 시간만 된다면 일대일로 가르쳐 드릴게요." 나의 말에 너 대표님은 밝아진 목소리로 대답하셨다.

"소장님이 도와주시면 너무 감사하지요. 밤 11시쯤 일정이 정리되는데, 염치없지만 좀 부탁드리겠습니다. 저는 소장님이 제일 편해서요." 너 대표님과 오늘 밤 자정 전에라도 다시 소통하기로 약속을 잡고 통화를 마쳤다.

그날 밤, 12시가 다 되어 너 대표님께 전화가 왔다.

"아이고, 너무 늦은 시각이라 죄송합니다."

"아니에요, 대표님. 전에 알려드린 카페 과제 쓰시는 미션은 마무리된 건가요?"

"아, 아니요. 아직 거기까지는 손도 못 대고 있었네요. 컴퓨터 모르면 할 수 있는 게 없어요. 뭐 그리 배울 게 많은지."

"대표님. 올봄에 저를 처음 만났을 때를 떠올려 보세요. 컴퓨터 켜고 끄는 것밖에 모르셨지만 이제는 웬만한 기능들은 할 수 있으시잖아요."

너 대표님은 은퇴 후 조그마한 카페를 운영하고 계신다. 디지털 세상이 겁난다며 어떻게 하면 제2의 인생을 세상과 발맞추어 살아갈 수 있겠냐며 나에게 조언을 구하셨다. 고객으로 만났던 인연이 지금까지 이어져 작은 문제가 있어도 나를 먼저 찾으시는 너 대표님이시다.

시간이 촉박한지라 전화로 온라인 수업 준비를 위해 필요한 내용들을 가르쳐 드렸다. 그리고 미션을 제안했다.

"너 대표님, 카페 사진 예쁘게 나온 것 가지고 배우신대로 줌의 배경 화면 바꾸시고 캡처하셔서 제 톡에 남겨 주세요. 인스타그램에도 올려 주시고요. 복습하셔야 안 잊어버려요. 반복이 살길입니다. 미션을 하나라도 수행 못하시면 더 이상 저와 수업 진행 못하세요."

미션 드리기. 너 대표님께는 특효약이다. 시작이 어렵지 한 번 시작하면 포기를 모르시는 분이다. 내가 드린 미션을 셀 수 없을 정도로 연습하시느라 새벽에 주무실 게 눈에 선하다.

"길 소장님, 내일까지 꼭 완성해서 올려 보도록 할게요. 그래야 손 떼라 소리 안 하시죠. 하하. 디지털 세상은 알아야 할 게 너무 많아서 모르면 죽어요 죽어. 하하."

"네, 알겠습니다. 디지털 세상에서 누구나 주인공이 되어 자유롭게 소통하고 기술을 활용할 수 있도록 돕는 게 제가 할 일인 걸요. 무엇보다 너 대표님처럼 배움에 대한 의지가 탁월하신 분들이 꼭 배우셔야 합니다. 대표님 사업력이 장난 아니신데 온라인 시장을 그냥 포기하기에는 너무 아깝잖아요." 무한 열정과 무한 신뢰로 응원을 드리며 우리 통화는 끝이 났다.

"길 소장님, 이번 출판 기념회에 오실 거죠? 맨 앞자리 VIP 석 마련해 두었습니다."

"너 대표님, 너무 축하드립니다. 디지털 문맹 사장님이셨는데 SNS 카페 홍보 성공법 콘셉트로 책까지 출간하시고요."

"아이고, 감사합니다. 이번 출판기념 특별 강연에 길 소장님을 모시고 싶었습니다. 저의 디지털 리터러시 멘토시잖아요."

디지털 리터러시 멘토로 많은 분을 만나왔지만, 밤낮없이 연구소까지 전화해서 나를 찾는 너 대표님 같은 어른을 또 만날 수 있을까? 줌 배경 화면 교체도 못하던 디지털 문맹에서 이제는 전자책 베스트셀러이자 유튜브 구독자 10만 명이 넘는 인플루언서가 된 너 대표님을 어떻게 존경하지 않을 수 있겠는가!

배움에 늦은 때란 없다.
의지가 필요할 뿐이다.

11.

여기는 언어 멘토 스쿨입니다

백미정

    노숙자 같기도 하고 실직자 같기도 했다. 사십 대 초반으로 보이는 여성이 구부정한 자세로 언어 멘토 스쿨 정문에 서 있었다. 나와 눈이 마주친 그녀는 떨리는 목소리로 입을 열었다.

    "백미정 마스터님이시죠? 저 좀 도와주세요. 글쓰기로 새롭게 살아보고 싶습니다." 흔한 인사의 말없이 자신을 도와 달라고 말하는 그녀를 보며, 예의가 없다는 생각보다 절박함을 느꼈다. 내 곁에 계시던 세 분의 마스터가 얼른 가자는 눈빛과 손짓을 보였다. 약속된 회의 시간에 늦지 않기 위해 여유 시간을 계산해서 도착한 것이 우연의 일치였을까. 나는 그녀와 대화를 해보고 싶었다.

나와 그녀는 회사 로비 의자에 앉았다.

"반갑습니다. 저를 알고 계시군요. 성함이 어떻게 될까요?"

"김은실입니다."

"서로에게 배운다는 의미로 김은실 선생님이라고 부르겠습니다. 선생님이 글쓰기를 좋아하시는 것 같아 더 반갑습니다. 그럼, 그동안 써 놓은 글쓰기 분량은 어느 정도 되나요?" 그녀는 10초 정도 침묵했다. 그리고 허리를 곧게 편 후 말했다.

"아, 저, 그게, 저는 마스터님께 글 쓰고 싶은 제 마음을 보여드리고, 가르침을 받고 싶어 무작정 찾아왔습니다. 그런데 그동안 글을 얼마큼 썼냐고요? 질문이 당황스럽네요." 나는 옅은 미소와 함께 답했다.

"글을 쓰고 싶은데 써 놓은 글이 없다는 사실을 어떻게 받아들여야 할까요? 단도직입적으로 말씀드릴게요. 아니, 미션을 드릴게요. 다음 주 이 시간까지 열 편의 글을 써서 가져와 주세요. 주제와 분량은 상관없습니다. 하실 거죠?"

"백 마스터님, 하나 출판사와 다섯 출판사 중 어디가 좋을까요?"

김은실 예비 저자의 행복한 고민이 담긴 질문을 들을 수 있는 봄날이 되었다. 따스한 햇살을 닮은 김 작가님의 미소를 보니, 그동안 김 작가님과 나누었던 수많은 대화가 내 마음속에서 새싹처럼 돋아나는 것 같았다.

글과 말로 많은 영혼을 돕는, 여기는 언어 멘토 스쿨이다.

재능을 발전시키고,

능력이 탁월해질 때까지 노력하라.

완전함에 도달했는지는

취미의 고상함,

생각의 명료함,

판단의 성숙함,

의지의 확고함으로 알 수 있다.

· 발타자르 그라시안. 사람을 얻는 지혜 ·